렙업하는 마왕님 ⑧

지은이 | MJ STORY 김태형
펴낸이 | 권순남
펴낸곳 | (주)마야 · 마루출판사

등록 | 2008. 1. 7 (제310-2008-00001호)

초판 인쇄 | 2017. 7. 31
초판 발행 | 2017. 8. 2

주소 | 서울시 노원구 상계 1동 1049-25 신영산업 BD 602호
대표전화 | 02-2091-0291
팩스 | 02-2091-0290
이메일 | marubooks@hanmail.net

ISBN | 978-89-280-7545-4(세트) / 978-89-280-8325-1
정가 | 8,000원

잘못된 책은 교환하여 드립니다.
저자와 협의하여 인지를 붙이지 않습니다.

「이 도서의 국립중앙도서관 출판시도서목록(CIP)은 서지정보유통지원시스템 홈페이지(http://seoji.nl.go.kr)와 국가자료공동목록시스템(http://www.nl.go.kr/kolisnet)에서 이용하실 수 있습니다.」
(CIP제어번호:CIP2017018390)

렙업하는 마왕님

MJ STORY 김태형 게임 판타지 장편소설
MAYA&MARU GAME FANTASY STORY

8

마야&마루

목 차

제1장. 왜, 재밌는데? …007

제2장. 그런 사람이 되고 싶었다 …039

제3장. 말썽이나 부리지 말고 있어 …067

제4장. 마스터의 유산 …097

제5장. 개발자 모드 조작이 불가능합니다 …127

제6장. 무슨 말인지 일단 들어 보죠 …159

제7장. 뭐 해? 빨리 준비들 하지 않고 …187

제8장. 자네의 훈련을 돕는 이유가 뭐라고 생각하나? …217

제9장. 그것참, 답답하네 …245

제10장. 최악이구만 …273

렙업하는 마왕님

제1장

왜, 재밌는데?

렙업하는 마왕님

 마왕을 스파링 상대로 삼는다고?

 강철은 황당하다는 얼굴로 송재균을 돌아보았다.

 "내가 여기 있는데 어떻게 마왕이랑 스파링을 한다는 거죠? 아! 아리엘이 하오 데이터로 플레이해 준 것처럼 누가 내 흉내를 내는 건가?"

 "저도 처음 듣는 이야기입니다. 더구나 마왕과 가상 대결을 펼치고 싶었다면 데이터를 유출할 게 아니라, 북미 법인을 통한 공식적인 요구가 있었을 겁니다."

 강철과 송재균의 반응이 있고 난 뒤에, 하오는 그게 아니라는 얼굴로 입을 열었다.

 "동생이 마왕으로 뽑히기 전에 했던 게임이 있을 거 아냐? 이번에 유출된 건 그때 데이터 같던데? 넥씨에 쥐새끼 같은 협조자들이 몇 있으니까, 그 정도야 일도 아니잖아."

"물론 유출은 될 수 있습니다. 하지만 그 데이터로 NPC를 제작하는 데는 1년은 걸립니다. 강철 씨 특유의 센스를 재연하는 데는 몇 년은 족히 걸릴 거구요."

거기까지 말한 송재균은 뭔가가 떠오른 것처럼 눈을 크게 떴다.

"디퍼라면! 이미 개발한 인공지능에 강철 씨 데이터를 덧입혀 컨버팅하는 방식으로 NPC를 제작할 수 있긴 할 겁니다."

"내 말이 그 말이라니까."

답답한 표정으로 머리만 긁던 하오가 말을 이었다.

"근데 동생은 게임을 얼마나 대단하게 했으면 그런 괴물 캐릭을 다 만들어 낸 거야?"

"지금 그게 중요하냐?"

"중요하지! 내가 그 괴물이랑 한 팀을 먹은 건데!"

말이 거듭될수록 하오의 눈에 깃든 존경의 빛은 더해져만 갔다.

그 와중에도 송재균은 지금까지의 상황을 차분히 곱씹는 눈치였다.

"아무리 디퍼라도 시간이 촉박할 겁니다. 강철 씨 전력의 70퍼센트는 될까요. 미완의 NPC가 나올 수밖에 없습니다.

문제는 카이얀 시절의 강철 씨가 워낙 엄청나서 70퍼센트가 아니라 50퍼센트만 복구한다 하더라도……."

송재균의 표정이 어두워지자 하오도 덩달아 겁을 집어먹은 얼굴이 되었다.

그에 반해 강철은 아무런 변화가 없었다.

"강한 놈이랑 훈련한다고 다 세졌으면 1렙부터 스피츠 잡겠다고 달려들지."

그러라고 한 말은 아닌데, 하오의 눈에 하트가 가득 담겨 있었다.

그래도 이왕 뱉은 말이니까 마무리는 해야겠지?

"카이얀의 캐릭터를 키워 낸 사람이 대단한 거지, 그걸 되살려서 훈련 좀 하는 게 대단할 일은 아닌 거 같은데?"

"이럴 땐 존경심이 너무 커져서 동생이라 부르기 미안하다니까?"

"그런 감정은 저도 늘 느낍니다."

믿었던 송재균마저 하오와 완벽하게 호흡을 맞추어 댔다.

"아무튼 디퍼와 가로쉬가 그런 움직임을 보인다는 거지, 그게 꼭 확정됐다는 뜻은 아니야."

하오가 선을 긋는 동안 강철은 송재균에게 물었다.

"그쪽에서 특별한 훈련을 준비했다면 우리도 뭔가 보여 줘야 되지 않겠어요?"

"예?"

"퀘스트요. 상황이 이 정도 되면 네메시스가 준 퀘스트도 한번 고려해 볼 만할 거 같은데요?"

"네메시스가 가로쉬의 지배를 얼마나 받는지 밝혀내기 전에 움직이는 건 위험합니다."

송재균은 복잡한 표정으로 말을 받았다.

⤴

류샹의 모니터엔 가로쉬가 쑥대밭 됐던 그날의 영상이 재생되고 있었다.

쐐애애애애액! 스겅! 쿠우우우우웅!

사이드 한 방이다.

몇 년을 투자해 만든 콘텐츠가 고작 몇 초 만에 두 동강이 나 버리다니.

으드득!

평생에 딱 하루만 지울 수 있다면 돌아볼 것도 없이 그날을 고를 만큼 최악의 하루였다.

그나마 다른 것들을 남겨 두는 대가로 지분까지 가져갔으니 완패도 이런 완패가 없었다.

"젠장!"

괴로워하면서도 그날의 기억을 꾸역꾸역 되새기는 이유는 단 하나였다.

'알리베이가 나서서 소송을 돕는다면 게임의 소유권까지 뺏길 수 있다.'

증거가 더 모이기 전에 역공을 취해서 판을 뒤집는다.

모니터의 떠오른 영상이 끝나고, 그는 제일 먼저 내선 전화를 집어 들었다.

신호가 가는 동안 그는 고개를 들어 천장에 달린 조명을 바라봤다.

절반도 채 켜 놓지 않아서 방은 어두웠다.

불을 죄 켜 두면 괜히 속마음을 읽히는 것 같아서, 그는 혼자 있을 때도 조명을 이 정도만 켜 두곤 했다.

지금처럼 은밀한 일을 할 때면 아예 어둠에 파묻히고 싶다는 생각마저 들 정도였다.

(이청입니다.)

그는 개발팀의 팀장으로 류샹이 가장 신뢰하는 사람이었다.

"네메시스는 어떻게 됐지?"

(의도대로 움직이는 듯했습니다만, 마왕을 만난 뒤에 조금씩 통제를 벗어나기 시작했습니다.)

"언제부터 그런 거야?"

(마왕이 알리베이 프로모션을 준비하며 네메시스를 찾은 그때부터 변화가 생겼습니다.)

"그땐 신경 쓸 정도가 아니라고 보고하지 않았었나?"

(핑계처럼 들리실지 모르겠습니다만, 그땐 분명히 그랬습니다.)

"후우."

류샹이 깊은 한숨을 내쉬자 이청은 황급히 말을 이었다.

(마왕이라는 존재가 지니는 변수가 너무 컸습니다. 그것까지 감안하여 설계를 하기엔 여건이 많이 부족했습니다.)

마왕이란 놈만 다녀가면 생각했던 것들이 하나같이 꼬여 버렸다.

"그래서 지금 상태는 어떻지?"

(현재는 뭐라고 말씀드리기가 어려운 상황입니다. 제멋대로 퀘스트를 만들어 내는데 이게 우리를 위한 일인지, 마왕을 위한 일인지 알 수가 없습니다.)

뒤로 갈수록 놈의 목소리가 기어들어 갔다.

"마왕이란 놈이 끝까지 속을 썩이는구만."

(죄송합니다.)

"디퍼의 반응은?"

(마왕의 카이얀 데이터 말씀하시는 겁니까?)

"그래. 우리가 거래를 요청했으니 무슨 반응이 있을 거 아냐?"

(기술적인 문제가 없다면 그대로 추진하겠다는 방침인 거 같습니다.)

"그나마 다행이구만."

가로쉬에 아직 풀어내지 못한 코드가 하나 있었고, 그것만 푼다면 더는 마왕에게 흔들리지 않는 게임이 된다.

만약 포비든과의 거래가 성사돼서 디퍼가 인공지능 NPC를 제작해 준다면, 스피츠나 네메시스를 통해 억지로 코드를 알아내려 할 이유가 없었다.

그리고 그것은 더 이상 어둠의 나라에 찝쩍댈 이유 또한 없어지는 일이었다.

그뿐이면 욕심을 내지도 않는다.

코드만 풀어낼 수 있다면 어둠의 나라를 잡아먹는 일도 충분히 실현 가능하다.

"이제 우리에게 남은 건 디퍼뿐이야. 그쪽에서 승인이 떨어지면 바로 제작이 이루어질 수 있도록 모든 준비를 끝내 놔."

(맡겨만 주십시오.)

단단한 대꾸가 돌아왔지만 류샹은 탐탁지 않다는 얼굴로 수화기를 내려놓았다.

박형식은 중국에서 편하게 살았다.

삼합회 중간 보스급 대우를 받으며, 요 며칠 VIP 건달이 어떤 건지 제대로 느껴 줬다.

지갑도 두둑했다.

팅!

007가방을 열면 안에 든 지폐들이 박형식을 향해 환하게 웃어 주었으니까.

더구나 센스 터지게 전부 한화였다.

10억이다.

하루에 한 번은 꼭 세어 봤는데, 변함없이 늘 10억이었다.

10억이다! 자그마치 10억! 건달 일 하면서 평생 만져 보길 소원했던 그 10억 말이다!

처음엔 실성한 사람처럼 웃기만 했다.

그런데 지금은 몸에 커다란 구멍이라도 난 것처럼 기운이 나지 않았다.

침대만 한 소파에 황제처럼 앉아 10억을 내려다보는데도 흥이 안 났다.

소파에 잡힌 주름이 꼭 김필중의 이마에도 똑같이 드리워 있을 거 같아서 속이 갑갑한 탓이었다.

박형식은 전원이 꺼진 휴대폰을 꽉 움켜쥐었다.

"끄응."

몸은 편한데,

"하아."

앓는 소리와 한숨이 복식조로 치고 나왔다.

박형식은 소파 위에서 엉덩이를 들썩들썩해 보았다.

얼마나 좋은지, 버팔로 가죽 특유의 촉감이 그의 엉덩이를 차분하게 받아 주었다.

젠장! 근데 왜 푹 꺼지다 못해 스펀지까지 튀어나온 김필중의 소파가 그리운 걸까.

"아니다."

박형식은 고개를 휘휘 저었다.

"평생 바라 왔던 횟집! 이 돈이면 차릴 수 있는 거다! 눈 한 번만 딱 감으면!"

그는 다짐하듯 눈을 감아 버렸다.

또르르!

그런데 두 방울의 눈물이 볼을 타고 흘러내릴 줄 누가 예상이나 했겠는가.

"쓰벌! 횟집 얘기허니까, 또 형님 생각나 부네. 형님, 기억 납니까? 나 무서워서 못하겠다고 질질 짤 때, 괜찮으니까 기다리고 있으라고 형님 혼자 횟집 문 열고 들어가 분 거?"

아무도 듣는 사람이 없건만, 놈은 콧물까지 질질 흘려 가며 허공에 말을 쏟아 냈다.

"그날 이후로 내가 은퇴하면 횟집 차린다고 노래를 부른 건디. 서울 토박이가 되도 않는 사투리 따라 한 것도 그때부터고."

그는 벌게진 얼굴을 무릎 사이에 묻고는 어깨를 들썩거렸다.

얼마나 그렇게 있었을까. 그는 길게 늘어진 콧물을 닦으며 말없이 휴대폰에 전원 버튼을 눌렀다.

김필중은 요 며칠 울적했다.
부라더 강철이 승승장구하는 건 정말 기쁜 일인데, 박형식의 부재가 그의 가슴을 쥐고 놓아주지 않았다.
김필중은 푹 꺼진 소파를 보며 그게 꼭 자기 마음 같다고 생각했다.
워낙에 표정이 안 좋아서인지 까불이 권경우도 장난을 치지 못했다.
"커피 한 잔 드려요? 물 조절 제대로 할 수 있는데."
"아녀. 너 먹어."
"에이, 욕이라도 한 번 시원하게 하든가! 형님답지 않게 표정이 왜 그래요?"
"좀 피곤한 거 같기도 하고."
"얼씨구? 저 형님이 진짜."
김필중이 무기력한 얼굴로 창밖을 바라볼 무렵이었다.
띠리리리리!
테이블 위에 올려 둔 휴대폰에서 불이 번쩍였다.
폴더를 열어 번호를 확인한 그는,
"형식아!"
전화도 받기 전에 소리부터 질렀다.

"에이, 돈 앞에 형 동생 없다니까 또 저러시네. 나 정도 되니까 돈 벌어도 형님 옆에 머무는 거 아닙니까."
"시끄러!"
사자후를 토해 낸 김필중은 얼른 전화를 받았다.
"형식아, 괜찮은 겨?"
(꺼흑! 꺼흑!)
"뭐여! 삼합회한테 또 당하기라도 한 겨?"
(죄송합니다.)
"몸은 괜찮고?"
(꺼흑!)
"울지만 말고 말을 혀 봐. 뭔 일 있어?"
(돈에 눈이 멀어 형님을 배신했습니다.)

울먹이는 소리와 코를 먹는 소리가 수화기를 타고 번갈아 넘어왔다.

권경우가 종이컵을 가져와 유리가 깨진 테이블에 놓아둘 동안 김필중은 석상처럼 굳어 있었다. 배신이란 단어가 무겁게 다가온 탓이었다.

"돈이라도 많이 받은 겨?"
(꺼흑! 으으으윽!)

박형식과 함께했던 젊은 날이 파노라마처럼 스쳐 지나가서 김필중은 어렵게 입을 열었다.

"너, 내가 중국 여행이라도 가면 어쩌려고 그러는 겨. 감당할 수 있겠어?"

어느 영화에선가 들어 본 말 같았는데, 박형식은 분위기 때문에라도 아무 대꾸를 하지 못했다.

"독하게 굴어야 네가 살어, 이 등신아."

그때였다.

탁! 탁! 탁! 탁!

수화기 너머에서 바쁜 발소리가 넘어왔다.

쾅쾅쾅!

그러고는 문 두들기는 소리도 이어졌다.

"누구세요?"

분명 수화기로 넘어온 소리인데, 사무실 안에 있던 김필중이 문 쪽으로 뛰어 나갔다.

기막힌 우연이라고 생각하며 김필중이 다음 대사를 떠올리려던 그때였다.

끼이익!

문이 열렸고,

"형니이이이임! 죄송합니다아아!"

박형식의 사무친 외침이 사무실 안을 가득 메웠다.

김필중은 007가방에 든 돈을 한동안 바라보았다.

박형식이 매일같이 노래를 불렀던 10억이다.

그 돈을 보고도 마음이 흔들리지 않으면 그건 강철이지,

박형식이 아닌 거다.

솔직히 마음 같아서는 이미 용서했다. 하지만 건달 세계에는 위계질서라는 게 있는 법이다.

"앞으로 형식이가 우리 사무실 막내여. 경우 밑으로 들어오는 겨. 그래도 내 밑에 있겠어?"

"크흑!"

무릎을 꿇은 박형식은 크게 콧물을 들이켰다.

"무슨 벌이든 달게 받겠습니다. 크나큰 형님의 품에 안길 수만 있다면 비루한 이 몸, 개미 가랑이를 기래도 기어 보겠습니다."

짝다리를 짚고 그 모습을 지켜보던 권경우는 왠지 개미가 된 거 같아 슬쩍 다리를 오므렸다.

철컥!

007가방을 닫은 김필중은 그걸 박형식에게 내밀었다.

"저는 돈 욕심 없습니다. 부디 형님께서……."

"내가 동생 돈이나 탐내는 잡놈으로 보이는 겨?"

김필중의 말에 박형식은 땅에 엎드려서는 서럽게 울어 댔다.

"물론 그런 시절이 있긴 혔지. 없다고는 못혀."

"끄억, 끄으윽!"

"근디 부라더 만나고 나도 좀 변한 겨."

그 뒤로도 박형식은 한동안 엎드린 채로 어깨만 들썩거

렸다.
 이제 좀 진정이 됐는지 놈이 몸을 일으킬 때였다.
 꼬르륵!
 김필중의 배에서 애타게 밥을 찾는 소리가 새어 나왔다.
 "형식아, 사면복권 받은 기념으로다가 탕수육 쏘는 거 어때?"
 "에이, 막내가 중국에서 방금 왔는데 중화요리 시키자는 게 말이나 됩니까?"
 권경우는 은근슬쩍 호칭을 막내로 정리해 버렸다.
 "아닙니다. 중화요리 드셔도 됩니다. 바로 주문하겠습니다."
 울음을 그친 박형식은 탕수육, 깐풍기, 양장피, 팔보채를 차례대로 주문한 뒤에 주소를 말하고는 화끈하게 전화를 끊었다.
 달이 휘영청 밝은 새벽녘이었지만, 24시간 운영하는 중국집은 여전히 그들의 배고픔을 달랠 준비가 되어 있었다.
 "형님, 죄 사함도 받았는데 이제 일 얘기 좀 드려도 되겠습니까?"
 정신없이 우느라 퉁퉁 부어 있던 박형식의 두 눈이 나지막이 빛을 뿜어냈다. 그 모습이 너무 반가운 김필중은 얼른 고개를 끄덕여 주었다.
 "빈손으로 오기 뭐해서 정보 좀 물어 왔습니다."

"우리 부라더 옆에 하오가 있어서, 이제 우리 같은 소식통은 필요 없지 않겄어?"

"형님, 그물을 던지면 큰놈은 잡혀도 잔챙이는 그물 사이로 빠져나가지 않겠습니까?"

"그런데?"

"하오쯤 되는 거물이 신경 안 쓸 만한 피라미들 잡아다가 큰 그림 그려 보는 게 제 역할이라고 생각했습니다."

"캬! 하여간 배신만 안 허면 마인드는 갑인디!"

얼른 말을 이으려던 박형식이 배신 소리에 주춤거렸다.

"큰형님과 전화 한 통만 하게 해 주시면 제가 꽃길 제대로 깔아 드릴 자신 있습니다."

"뭐디? 나한테 미리 말혀 봐."

"너무 전문적인 내용이라 말씀을 드려도 잘······."

"나 무시하는 겨?"

"가로쉬와 툴, NPC로 요약할 수 있습니다."

거기까지 들은 김필중은 괜한 소리를 했다는 얼굴로 얼른 전화기를 꺼내 들었다.

"지금 새벽인디 전화 받으려나."

김필중은 혹시 모른다는 생각에 일단 통화 버튼을 눌렀다.

⚐

왜, 재밌는데? • 23

강철은 침실에 누워 있었다.

불을 다 꺼놨는데도 눈이 말똥말똥했다.

이른 시간도 아니었다.

창밖을 내다보면 취한 사람이 더 많을 것 같은 새벽이 분명한데!

쩝!

처음으로 하는 팀플레이다. 그걸 앞두고 잠이 오면 그게 더 이상한 일 아닌가.

가만히 눈을 감으면 그날의 장면이 자꾸만 상상됐다.

적들은 가장 약한 아리엘을 집요하게 노릴 거다.

'내 몸에 봉인된 버프를 아리엘에게도 걸어 줄 수 있다면 충분히 버텨 낼 수 있을 텐데.'

그런 생각을 하자 네메시스가 떠올랐다.

놈의 말처럼 발동 조건을 얻어 낼 수 있다면!

그다음에 아리엘에게 버프를 걸어 주는 것쯤이야 스피츠와 레비아탄의 도움을 받을 수도 있지 않을까?

지이잉! 지이잉!

이불 위에 올려 둔 휴대폰이 좌우로 흔들렸다.

휴대폰 액정에서 쏟아진 빛 때문에 이불에 그려진 문양이 보였는데, 그게 꼭 대가리를 웅크린 네메시스처럼 느껴졌다.

염병할! 그놈 인상이 강하게 남긴 했나 보네.

새벽 3시 47분.

평범한 전화가 올 시간대는 아닌 거 같아서, 강철은 일단 전화를 받았다. 발신자는 김필중이었다.

(부라더, 안 잤어?)

"왜?"

(우리 형식이가 돌아온 겨!)

아빠 관련된 일을 도맡아 하다가 삼합회한테 붙들렸다고 했었다.

하오가 풀어 줬다고 했는데 돌아왔나 보구나.

"고생했다고 좀 전해 줘."

(안 그래도, 회포 풀려고 중국요리 좀 시킨 참이여.)

중국에서 왔다는 놈에게 이 새벽에 중국요리를 시켜 먹인다고?

강철은 머리를 흔들며 통화에 집중했다.

"그 말 하려고 전화한 거야?"

(에이, 그랬으면 내일 전화혔지. 아닌 게 아니라, 우리 형식이가 부라더랑 통화를 하고 싶다고 혀서. 부라더한테 부리핑하고 싶다는디? 중국에서 보고, 들은 게 있다는 겨.)

이미 받은 전화를 여기서 끊는 것도 애매해 강철은 다음 말을 기다려 주었다.

긍정의 의미로 받아들였는지 부스럭거리는 소리가 들리더니,

(큰형님! 전화 바꿨습니다! 전화로 먼저 인사드리게 된 점, 진심으로 사과드립니다!)

새벽에 어울리지 않는 쩌렁쩌렁한 목소리가 귀청을 때렸다.

김필중은 그렇다 치더라도, 박형식은 뭐라고 불러야 되냐?

건달 놀이 싫어하는 강철이라, 큰형님 소리 하나 들었다고 아우 취급할 마음은 조금도 없었다. 그렇다고 김필중한텐 시원하게 반말하면서, 그보다 아랫사람인 박형식에게 존대를 한다면 그건 그거대로 족보가 꼬이는 셈이다.

염병! 건달한테 무슨 존대냐.

이럴 땐 강철다운 게 최선이다.

"말해 봐."

(한 말씀 올리겠습니다.)

얼마나 대단한 말을 하려고 박형식은 숨까지 크게 들이마셨다.

(중국 쪽은 지금 죄 꼬여 버렸습니다. 넥씨의 프락치와 가로쉬의 사이가 틀어져서, 그 미묘한 관계를 꿰뚫어 보는 게 보통 일이 아니었습니다.)

(그 대단한 걸 형식이가 해냈나 보네?)

(큰형님 한 분만 바라보고 미친 듯이 달린 결과입지요! 아, 일단 넥씨 프락치부터 말씀드려야 이야기가 쉽게 진행될 거 같습니다. 천용진이라고, 독하게 생긴 부사장 놈 있

는데 그 인간이 배신을, 흠흠! 사람이 살다가 배신을 할 수도 있긴 합니다만…….)

부사장이라고?

얼핏 본 거 같기도 한데, 솔직히 구체적인 기억까지는 떠오르지 않았다.

(아무튼 그 천용진이가 가로쉬 말고도 중국에 줄을 대려는 움직임이 포착됐습니다. 딴마음 먹을 위인은 못 된다고 생각하면, 가로쉬한테 내처지고 제 살길 찾는 게 확실해 보입니다.)

"그래서?"

(가로쉬나 천용진이 꾸민 계략이 다 물거품 됐다고 보는 게 맞지 않겠습니까? 천용진을 이용하려면 지금이 적기라고 판단했습니다.)

솔직히 별 관심이 가는 주제는 아니었다.

중국에서 목숨 걸고 알아 온 정보라니까, 그 노력이 고마워 듣는 거였다.

(그놈을 어떻게 이용하실지는 신사적인 방법과 건달스러운 방식으로 나뉠 수 있는데, 그런 유형의 인간에게는 역시 저 같은 놈이 한 명 붙어 줘야…….)

그만 끊을 때가 됐구나 싶어 통화 종료 버튼을 누르려던 그때였다.

(큰형님! 전화기가 귀에서 떨어진 느낌을 강하게 받았습

니다.)

 강철은 순간 주변을 둘러보았다. 이런 걸 느낌만으로 아는 놈들이 정말 있는 건가 싶기도 했다.

 (천용진 이야기를 왜 하는 건지 의아해하실 수도 있습니다만! 팩트만 입에 올리는 제 성격만 아니었어도! 큰형님, 참고로 저는 의혹이 짙어도 증거가 부족하면 가슴에만 담아 두는 습성이 있습니다.)

 종료 버튼을 누르는 그 짧은 시간 동안, 박형식은 저 긴말을 급하게 쏟아 냈다.

 오죽했으면,

 (큰형님, 자세한 내용은 곧 찾아뵙고…….)

 인사말을 반이나 뱉어 낼 정도였다.

 통화는 끝났지만 여전히 휴대폰은 어둠을 몰아내고 있었다. 그게 꼭 어둠에 잠긴 네메시스 성에 포탈 하나가 떠오른 모습 같았다.

 아리엘을 위해서라도 버프를 제대로 다룰 수 있어야 한다.
 "후우."

 갈 길이 구만리였다. 2주 남짓 남은 시간이 짧게만 느껴진 건 그 때문이었다.

 아무리 그래도 배신자의 이름까지 들은 이상 송재균에게 언질은 줘야겠지.

 어쨌거나 그것도 날이 밝아야 할 수 있는 일이라서 강철은 얼른 눈을 감았다.

⌯

 차창 너머로 햇살이 쏟아졌다.
 블라인드를 칠까 고민하던 천용진은 의자를 돌려 해를 등지는 쪽을 택했다.
 몸에 힘이 하나도 남지 않은 기분이었다.
 그는 휴대폰을 들어 가로쉬의 류샹에게 전화를 넣었다.
 (전화를 받을 수 없어……)
 염병할!
 류샹은 더 이상 천용진의 전화를 받지 않았다.
 메시지로 넥씨에서 빼돌릴 수 있는 모든 걸 적어서까지 보냈는데도 답신이 없었다.
 천용진은 검지 손톱으로 애꿎은 책상을 긁기 시작했다.
 똑똑!
 그리고 그때 누군가 문을 두드리는 소리가 들렸다.
 "들어오세요."
 그의 말이 떨어지자 이재학 전무가 문을 열고 들어왔다.
 평소처럼 멀끔한 차림이었지만 걱정을 가득 머금은 퀭한 눈을 하고 있었다.
 문이 잘 닫혔는지 확인한 그는 먼저 꾸벅 인사하고는 천용진이 가리킨 소파로 움직였다.

이재학은 무언가 돌파구를 바라는 듯한 눈빛으로 천용진을 바라보았다.

"전무님, 가로쉬가 디퍼와 교감을 나눈 게 분명합니다."

"그들은 네메시스에게 기대를 거는 게 아니었습니까?"

"네메시스가 마왕과 접촉한 뒤에 제멋대로 움직이는 데다, 하오까지 이쪽저쪽을 들쑤시고 있으니 부담스러웠겠지요."

"더는 가로쉬에게 뭘 기대하기 어렵다는 말씀이세요?"

"현재는 그렇습니다."

천용진의 대꾸에 이재학의 얼굴이 일그러졌다.

"그럼 다 끝난 거 아닙니까?"

"예?"

"이제 저는 어떻게 되는 겁니까?"

"어떻게 되냐니요?"

"부사장님이야 주식이 있어서 의장도 마음대로 못한다지만, 저 같은 경우는 상황이 다르지 않습니까? 솔직한 말로 그 주식도……."

"주식이 뭐 어쨌다는 말씀이십니까?"

천용진이 눈을 부라렸는데도 이재학은 주춤할 뿐 말을 멈추지는 않았다.

"가로쉬가 넥씨를 집어삼키고자 매입한 주식을 부사장님

명의로 해 둔 거잖습니까?"

 차명주식에 기대를 건 이재학을 보며 천용진은 쓴웃음을 지었다.

"전무님, 지금 상황 파악이 그렇게 안 됩니까? 이 주식 때문에 내가 먼저 죽게 생겼습니다. 막말로, 차명주식까지 해서 가로쉬의 약점을 모두 쥔 나를 그들이 살려 둘 것 같습니까?"

"예?"

"차명주식의 존재를 아는 이재학 전무님은 무사할 거 같습니까? 삼합회입니다. 한국에 넘어와서 사람 하나 없애는 일이 뭐 어렵다고 전무님을 살려 두겠습니까? 안 그래요?"

"그, 그럼 생각해 둔 방법이라도 있으십니까?"

 덤비듯이 말을 뱉던 이재학이 덜컥 겁을 먹은 얼굴로 물었다.

"차라리 구속되는 편이 가장 안전한 상황입니다."

"예에?"

"후우."

 대답 대신 새어 나온 천용진의 한숨에 이재학은 고개를 떨어뜨리고 말았다.

휴대폰 액정을 확인하자 오전 9시가 조금 넘어 있었다.

잠이 부족할 정도는 아니라서 강철은 미련 없이 몸을 일으켰다.

대충 씻고 나오니 9시 반쯤 돼서 강철은 송재균에게 전화부터 걸었다.

"개발자님, 드릴 말씀이 있어서요."

(안 그래도 하오 씨가 와 계십니다.)

그 인간은 왜 또 거기 있지?

생각한다고 답이 나오는 인간도 아니라서 강철은 그냥 말을 이었다.

"그럼 충분히 대화 나누고 연락 주세요."

(아닙니다. 강철 씨도 들었으면 하는 내용이었습니다.)

송재균의 목소리가 착 가라앉아 있었다.

아침부터 무슨 일인가 싶어 강철은 일단 송재균의 방으로 향했다.

똑똑!

문을 열고 들어서자 하오가 두더지 잡기 게임처럼 얼른 자리에서 일어났다.

하여간 오버는.

통역을 맡은 장린과 송재균 개발자까지 인사를 했는데, 통화 목소리만큼이나 그의 표정이 좋지 못했다.

"앉으시죠."

송재균이 자신의 옆자리를 가리켰다.

하오와 송재균이 대화하던 중이라 강철은 잠자코 있으려 했다.

"가로쉬에 넥씨 데이터를 넘기고, 디퍼에는 카이얀의 자료까지 넘긴 사람이 누구인지 듣던 참이었습니다."

그런데 송재균이 나서 지금껏 무슨 대화가 오갔는지 짧게 요약해 주었다.

"누구인지 듣고 있었다구요?"

"예."

그걸 말하려고 들른 참이다.

역시나 뭐든 다 아는 하오가 그것까지도 말을 해 준 모양이었다.

차라리 잘됐다.

그래도 박형식이 알아봐 준 놈과 동일 인물인지 정도는 확인하는 게 맞겠지?

"그게 누군데요?"

"천용진 부사장이라고, 예의주시하던 인물이었습니다."

자기 전에 들었던 그 이름이다.

그래도 박형식이 중국에서 괜히 붙들린 건 아니었구나.

"강철 씨도 하실 말씀이 있다고 하지 않으셨나요?"

"별 중요한 얘기가 아니라서 생각나면 말씀드릴게요."

귀찮은 설명이 이어질 거 같아서 강철은 대충 둘러댔다.

강철이 소파에 등을 기대자 하오가 불쑥 고개를 내밀었다.
"이야기 금방 끝나니까, 밥이나 먹으러 가자고. 최고급 레스토랑으로 내가 예약해 둘 테니까."
"이상한 소리 말고, 하던 거나 마저 해."
강철의 말에 하오는 아쉬운 얼굴로 입맛을 다시고는 말을 이었다.
"어쨌든 내가 직접 나서면 천용진이 쥔 주식이 가로쉬의 소유라는 것쯤은 얼마든지 밝혀낼 수 있습니다. 지금 솎아낼지, 좀 더 두고 보며 이용할 구석을 찾을지는 넥씨의 선택입니다."
마음이 벌써 레스토랑으로 향하고 있는지 하오의 말이 점점 빨라졌다.
"내버려 두면 아마 디퍼까지 들쑤시고 다닐 겁니다. 디퍼와 가로쉬의 협약을 틀어 놓기 위해서라도 더 좋은 조건을 제시할 테고, 그건 보나 마나 넥씨의 NPC 데이터쯤 될 겁니다."
"일단 의장님께 보고를 드리는 게 우선인 거 같습니다."
"그러시죠."
송재균의 답과 하오의 동의로 대화는 끝날 줄 알았다.
하오와 장린은 반쯤 몸을 일으키기도 해서 당연히 그렇겠거니 생각하던 그때였다.
똑똑똑!

"천용진입니다."

느닷없이 튀어나온 이름에 송재균의 눈에 놀라움이 떠올랐다.

장린의 통역이 뒤따르자,

"이거 재밌어지는데?"

하오가 의자의 팔걸이를 소리 나게 두드렸다.

박형식의 말만 전하고 게임에 접속하려던 강철은 급격히 피곤함을 느꼈다.

괜히 회사 일에 끼는 거 아닌가 난감하기도 했고.

그렇다고 죄지은 사람처럼 자리를 피할 일도 아니라서 강철은 가만히 소파에 엉덩이를 붙이고 있었다.

똑똑똑!

"천용진입니다."

그 순간, 독촉하듯 노크 소리가 방 안을 가로질렀다.

송재균은 강철을 돌아보았다. 자기 방인데도 문을 열어줘도 되는지 강철의 의견을 묻는 눈치였다.

"저는 신경 쓰지 말고, 편하게 하세요."

강철의 대꾸에 송재균은 고개를 끄덕이고는 문으로 향했다.

철컥!

문이 열리자 방에 있는 모든 사람의 시선이 천용진의 얼굴에 쏟아졌다.

니글니글한 얼굴에 꽤 커다란 덩치까지.

다시 보니 얼추 기억이 나는 것도 같았다.

문밖에 선 천용진은 천천히 방 안을 살피고 있었다.

그러다 강철과 하오를 발견했는지 얼굴에 당혹스러움이 피어올랐다.

"들어가도 되겠습니까?"

"무슨 일이시죠?"

"개발자님과 둘이서만 하고 싶은 이야기가 있습니다."

"보시다시피, 손님들이 와 계신데요?"

그 순간, 소파에 앉아 있던 하오가 큰 목소리로 입을 열었다.

"같이 좀 들으면 안 되나? 내가 재밌는 걸 또 워낙 좋아해서."

능글맞은 표정의 하오와 달리, 강철은 기다렸다는 듯이 자리에서 일어났다.

"왜, 재밌는데?"

"헛소리 말고, 나와."

"끄응."

강철의 한마디에 하오는 목줄이 묶인 개처럼 주인의 뒤를 따랐다.

"개발자님, 대화 끝나면 연락 주세요."

"예. 바로 드리겠습니다."

강철의 당당한 걸음에, 문 앞에 섰던 천용진이 황급히 뒤로 물러서며 자리를 비켜 주었다.

 천용진은 하오가 강철의 말에 꼼짝 못하는 모습을 처음 본다. 그래서 두 사람을 지켜보는 그의 얼굴엔 황당함이 가득 묻어 있었다.

제2장

그런 사람이 되고 싶었다

렙업하는 마왕님

송재균과 천용진은 테이블을 사이에 두고 서로 마주 보고 앉았다.

"무슨 일 때문에 절 뵙자고 하셨습니까?"

"다 알고 계시리라 생각합니다."

천용진은 대뜸 고개를 숙이고는 말을 이었다.

"한 번만 살려 주십시오. 개발자님의 도움 말고는 답이 없습니다."

"무슨 말씀인지 모르겠습니다."

"알고 계시듯이 가로쉬에서 심어 놓은 스파이 역할을 하며 우리 회사에 몹쓸 짓을 했습니다. 가로쉬에 자료를 넘겨 준 건 물론이고, 녀석들이 쳐들어올 수 있게 뒷문을 열어 주었으며, 그들이 역전의 기회를 잡을 수 있도록 카이얀의 정보까지 빼돌렸습니다."

천용진은 자기의 잘못을 줄줄이 쏟아 냈다.

"더 있습니다. 아니, 셀 수가 없을 정도입니다."

"됐습니다."

송재균이 아는 천용진은 모든 게 밝혀져도 끝까지 잡아떼는 인간이었다.

"고개부터 드시죠. 얼굴을 봐야 저도 판단이란 걸 내리지 않겠습니까?"

그제야 그는 고개를 들었다. 패배를 인정한다는 것처럼 천용진의 눈이 붉어져 있었다.

"저는 눈물 같은 거 믿지 않는 사람입니다. 그거나 좀 알죠. 뭐 때문에 이러는 겁니까?"

"살고 싶습니다. 그뿐입니다."

"무슨 소린지 도통 모르겠는데요?"

"오늘 제가 개발자님께 털어놓은 잘못들은 반대로 가로쉬의 약점이기도 합니다. 그 모든 것들이 오로지 가로쉬를 향했으니까요. 놈들에게 있어 저는 얼마나 큰 걱정거리겠습니까?"

천용진의 눈가가 애처롭게 떨리고 있었다.

"사실 제 명의의 주식은 전액 가로쉬의 소유입니다. 이름만 천용진이라고 걸어 놨을 뿐이었습니다."

"돌려주시면 되잖습니까? 그리 어려운 일은 아닐 것 같은데요?"

"개발자님, 주식을 돌려준다고 제가 아는 비밀까지 싹 꺼내서 돌려줄 수 있는 건 아니잖습니까? 거기에 가로쉬가 입을 다문다고 해도 넥씨가 형사고발을 하는 문제도 남았습니다."

송재균은 잠시 더러운 것을 본다는 듯한 얼굴로 천용진을 바라보았다.

조금의 틈만 보여도 칼을 들이미는 사람이 지금은 살아보겠다고 비굴한 눈물을 보이며 고개를 숙여 대고 있었다.

"그런 이유라면 의장님께 가시는 게 좋겠습니다."

"그분 성격에 배신한 사람의 부탁을 들어주시겠습니까?"

크게 숨을 몰아쉰 천용진이 다시 말을 이었다.

"의장님도 개발자님의 말씀은 들으실 겁니다. 언제고 그러셨잖습니까? 그러니 저를 위해 의장님께 한 번만 선처를 부탁드리겠습니다."

"가로쉬 때문에 마음 졸인 날이 셀 수 없을 지경입니다. 제가 왜 그 부탁을 들어줘야 하죠?"

"이유가 전혀 없습니다. 그래서 이렇게 고개를 숙이는 겁니다."

천용진은 자리에서 일어나 이번엔 허리까지 숙였다.

"후우! 정말 죄송한데, 왜 이렇게까지 하십니까? 이럴 바엔 차라리 주식 돌려주고, 의장님께 무릎 꿇으시는 게 훨씬

그런 사람이 되고 싶었다 • 43

현명한 일처럼 보이는데요?"

"개발자님은 저들을 몰라서 하는 소리입니다. 비밀을 알고 있고 이미 틈이 갈라진 이상, 저들은 저를 죽일지도 모릅니다."

"흐음."

송재균은 이제야 왜 천용진이 이렇게까지 비굴하게 매달리는지 이해할 수 있었다. 물론 그렇다고 정말 천용진을 죽일까 싶기는 했지만, 지금처럼 비굴하게 매달리는 것을 보면 어느 정도 가능성은 있는 일이라는 생각쯤은 들었다.

송재균의 침묵이 천용진은 못내 불안했던 모양이었다.

"저를 돕는 일이 넥씨에게 득이 되도록 하겠습니다."

그래서 그는 엉뚱한 제안을 들고 나왔다.

"그게 무슨 말입니까?"

"마왕을 돕는 일에 앞장서겠습니다. 하오가 개입한 마왕과 가로쉬 간의 소송에서, 가로쉬가 강창모 선생의 작품임을 제가 직접 증언하겠습니다."

생각지도 못한 제안이었다.

"증언만 가지고 도움이 되지는 않을 것 같은데요?"

"개발자님, 일단 의장님과 만나만 주십시오."

"일단 돌아가 계세요. 제가 나중에 연락드리겠습니다."

송재균이 말을 맺자 천용진이 곱다랗게 허리를 숙였다.

송재균의 이야기를 들은 김택수는 먼저 깊은 한숨을 내

쉬었다.

그리고 배신자가 누구일지 왜 짐작을 못했겠나.

천용진이 지닌 주식과 가로쉬와의 연계가 부담스러웠고, 확실한 증거를 잡지 못해 지켜보았던 참이었다.

"그래서 그가 원하는 게 어떤 것입니까?"

"신변의 위협을 느낀다고 살려만 달라고 했습니다."

김택수는 천용진을 잘 안다.

알리베이의 하오가 넥씨의 편에 서자 갈 곳을 잃어서 매달리고 있는 게 분명했다.

"개발자님 성격에 부사장의 말을 전한다는 게 좀 의외입니다. 혹시 다른 이유가 있나요?"

"중요한 이야기를 들어서 보고를 드리는 것뿐입니다. 개인적인 의견은 없습니다."

"개발자님도 아시겠지만 저는 배신자를 용서할 만큼 너그러운 인간이 아닙니다."

예상했던 반응이라는 것처럼 송재균은 말이 없었다.

"하지만 자연인 김택수이기 전에 넥씨의 의장입니다. 이번 일에 어떻게 대처하는 것이 가장 넥씨에 도움이 되는지만 판단하겠습니다."

그것 또한 김택수다운 반응이라 송재균은 조용히 고개를 끄덕였다.

강철과 하오, 장린은 복도에서 아리엘을 기다리는 중이었다. 느닷없는 방문 때문인지 아리엘은 딱 5분만 시간을 달라고 했다.

여자니까, 외출하는 데 약간의 준비는 필요하겠지.

고급 레스토랑 타령을 어찌나 해 대는지, 하오의 소원이나 들어주자고 다짐한 참이었다.

"아깝다, 아까워."

하오는 송재균과 천용진의 대화를 듣지 못한 게 못내 아쉬운 눈치였다.

"남 아쉬운 소리 하는 거 듣는 게 재밌냐?"

"꼭 그런 건 아니지만, 나한텐 꽤 중요한 장면이거든."

"뭐가?"

"배신자는 어떤 얼굴을 하는지, 또 그 인간이 용서를 구할 땐 무슨 태도를 보일지 봐 두는 게 다 경험이야, 나한테는."

하긴 강철을 따라다녀서 그렇지, 원래 하오는 알리베이의 후계자다. 사업에 대해 알 길이 없는 강철은 그냥 그런가 보다 하고 고개를 끄덕였다.

"오래 기다렸죠."

그때 방문이 열리며 아리엘이 나왔다. 5분이 채 안 된 걸 보면 기다릴까 봐 급히 나온 게 분명했다.

화장이라도 했나 싶었는데, 머리를 빗은 거 말고는 달라진 게 없었다.

그래도 충분히 예쁘다, 아리엘은.

몇 번 봐 놓고도 하오는 휘둥그레진 눈으로 그녀를 바라봤다. 하지만 이내 큰 죄라도 지은 것처럼 고개를 설레설레 저었다.

"동생은 여러모로 대단해."

"뭐가?"

"하여간 대단하다고."

"시끄러."

하오는 강철과 아리엘을 몹시 부러운 눈길로 바라보다 얼른 고개를 돌렸다.

"중국 사람이 밥 산다고, 중국요리 먹는 건 너무 유치하잖아요? 양식 어때요?"

"미리 다 정해 놨다며, 뭘 물어?"

"에이, 멋대가리 없게! 다 정했어도 숙녀에게 물어보고 가는 센스가 있어야지!"

강철은 무뚝뚝한 데다 연애 초보다. 하지만 아리엘은 그런 강철을 보면서도 밝게 웃어 주었다.

"강철 씨는 양식 괜찮아요?"

"난 뭘 먹든 상관없어."

"그럼 저도 아무거나 좋아요."

그 모습을 지켜본 하오는 손을 부들부들 떨었다.

주위를 둘러보았지만 넥씨 복도 한복판에 죽창 따위가 있을 리 만무한 거다.

"타지에 와서 급 서러워지는구만!"

"배고파. 빨리 밥이나 먹으러 가."

강철의 말에 하오는 황급히 앞장서서 걸었다.

넥씨 정문과 지하 주차장은 기자들로 북적거렸다.

한동안 기자들이 눈에 띄게 줄어든 적도 있었다.

캡슐만 있으면 어디서든 접속이 가능한데, 굳이 마왕이 본사에 있을 필요는 없지 않냐는 말이 공감을 얻은 탓이었다.

하지만 하오가 넥씨에 뻔질나게 드나든다는 정보가 돈 직후에는 지금처럼 기자들의 뻗치기가 이어졌다.

넥씨도 통제를 했지만 작정하고 숨어드는 기자까지 막을 수는 없었다. 오늘도 주차장이 소란스러운 건 그 때문이었다.

"지금 하오가 안에 있다는 거지?"

"예. 들어가는 건 전날 확인했는데 아직 나오질 않았습니다. 아예 넥씨에서 사는 거 같은데요?"

"이번 프로모션은 팀 배틀이라더니 합숙이라도 하는 거야, 뭐야."

"합숙이면 재미없고, 마왕 부하 노릇 한다고 왔다 갔다 해야 기삿거리가 될 텐데."

"아무튼, 하오와 함께 나오는 사람이 있으면 마왕일 확률이 높단 말이야."

기자들의 이런저런 대화가 오갈 때였다.

"어어! 하오 차가 움직이는데요?"

검은색 최고급 세단이 내부 출입구 쪽에다 차를 세웠고, 검은 정장을 입은 사내 두 명이 정신없이 안으로 들어갔다. 두 사람 다 커다란 선글라스로 얼굴을 가린 채였다.

촤좌좌좍! 촤좌좌좍!

그 순간, 기다렸다는 듯이 플래시가 터져 나왔다.

하오는 차를 두 대 끌고 왔다.

마왕이 얼굴을 드러내기 싫어하니까, 들어올 때와 나갈 때를 구분하여 준비해 둔 거였다.

그 정도만 해도 나름 치밀한데, 거기에 가짜 마왕과 하오까지 미끼로 던져 주면 기자들도 깜빡 속을 수밖에 없었다.

"밥 하나 먹는 데 이렇게까지 해야 돼?"

"받아들여. 유명인의 숙명이야."

강철의 푸념이 있었지만, 하오는 익숙한 눈치였다.

"하긴 내가 받는 돈에 이런 값까지 포함된 거겠지."

"그런 마인드 좋아!"

하오가 뒷좌석에 앉은 강철을 돌아보며 떠들었다.

강철은 나란히 앉은 아리엘을 바라봤다.

"살면서 이런 경험 해 보는 거 쉽지 않잖아요. 저는 재미있는데요?"

아리엘의 반응에 피식 웃음이 나왔다.

그래. 아리엘만 좋다면 됐지, 뭐.

"어디로 가는 거야?"

"근처입니다. 5분이면 도착합니다."

하오에게 물은 거였는데, 운전 중이던 장린이 대신 대답해 주었다.

"동생, 본격적인 훈련 들어가면 근사한 데서 밥 먹을 시간도 없겠지?"

"잠이나 제대로 자면 다행이게."

"끄응! 먹어 보고 괜찮으면 요리사를 넥씨로 부르든가 해야지 안 되겠군."

저건 또 뭐라는 거냐.

하여간 저 인간 반응은 예측이 안 됐다.

정말 얼마 지나지 않아 차가 멈춰 섰다.

3층짜리 건물이었는데, 간판이 하나만 달린 걸 보니 레스토랑이 이 큰 걸 통째로 쓰는 모양이었다.

입구에는 남색 정장을 입은 남자와 그 뒤로 하얀 셔츠를 입은 여자 둘이 삼각형 모양으로 서 있었다.

하오가 앞장섰고, 강철과 아리엘이 그 뒤를 따랐다.

"강철 씨 되십니까?"

"예?"

정장을 입은 남자가 느닷없이 이름을 불러와서 강철은 놀란 눈으로 고개를 돌렸다.

"그런데요?"

"안내해 드리겠습니다."

그는 강철에게 고개를 숙인 뒤에 안으로 들어섰다.

"동생을 위한 식사니까, 당연히 주인공 이름으로 준비해 뒀지."

하오가 자랑스레 던진 말이었다.

하여간 오버도 꼼꼼하게 하는구만!

강철은 가게 안을 슥 둘러보았다.

"여긴 손님이 너무 없다?"

"내가 통째로 빌렸으니까."

"뭐? 왜?"

강철의 물음에 하오는 뭐 그리 당연한 걸 묻냐는 듯 느끼한 미소를 지어 보였다.

"밥 한 끼 먹는 데 너무 요란스러운 거 아냐?"

"에이, 나 같은 인간이 남들 먹는 데 툭 앉아 있는 게 더 요란스럽습니다."

하오의 너스레가 날아든 다음이었다. 안내에 따라 강철은

그런 사람이 되고 싶었다 • 51

3층 창가 쪽으로 향했다.

 강철과 아리엘이 나란히 앉고, 맞은편에 하오와 장린이 함께 자리했다.

 낮인데도 식탁 위엔 은은한 조명이 떨어졌다.

 나무 냄새가 풍길 거 같은 연한 갈색의 식탁에는 책받침보다 조금 커 보이는 천이 놓여 있었다.

 개인이 쓰는 테이블보처럼 보였는데, 아무튼 그거 한 장 놔뒀다고 무지하게 고급스러운 느낌이 더해졌다.

 "우리가 또 코스로 먹으면 속 터지니까, 그냥 다 시켜서 코스처럼 먹어 보는 게 어때?"

 "그러든지."

 설마 다 시킬까 싶어서 대꾸한 말이었다.

 그런데 저 인간은 가능한 모든 요리를 가져다달라며 주문을 마쳤다.

 "몇 개나 나오는데?"

 "못해도 이십 종류는 나와야 되지 않겠어?"

 "그걸 누가 다 먹어?"

 강철의 물음에 하오는 어깨를 으쓱해 보였다.

 아리엘이 아무리 대식가라도 그걸 다 먹는 건 말이 안 되고, 그렇게 먹겠다고 해도 말려야 할 판이다.

 "몇 개는 취소시키지? 어차피 다 못 먹을 텐데 돈 아깝잖아."

"싼 거 찾을 거 같았으면 여기 빌리지도 않았을 거야. 동생, 어차피 이렇게 먹을 날도 없다면서. 그냥 먹자."

신기한 일이다. 이럴 때 그 인간들이 생각난 것은.

"어차피 음식 남을 거 같은데 사람 좀 불러도 괜찮겠어?"

"누구?"

"김필중이랑 박형식."

개발자나 의장쯤 예상했던 하오가 고개를 끄덕여 주었다.

"나쁠 거 없지. 박형식 그 친구는 내 동생 도와주다 험한 꼴 당한 건데, 이참에 직접 사과도 하면 더 좋겠네."

"아리엘은 괜찮아?"

"혹시 아빠 투자 문제로 뵀던 그 사투리 쓰는 분 맞아요?"

"그래, 맞아."

"괜찮아요. 전혀 상관없어요."

고생들 했다는데 밥이나 먹여 보내면 좋은 거지, 뭐.

오는 시간까지 계산하면 지금 연락을 주는 게 맞다는 생각에 강철은 바로 전화를 걸었다.

☙

김택수와 송재균이 소파에 나란히 앉아 있었다. 맞은편으로 고개를 푹 떨어뜨린 천용진이 보였다.

침묵의 농도는 계속 짙어졌고, 그럴수록 김택수의 눈에서 빛이 뿜어져 나오는 듯했다.

천용진은 눈빛쯤 보지 않아도 그 안에 담긴 적의와 분노를 온몸으로 느끼는 중이었다.

이런 자리가 좋은 사람이 어디 있겠나.

하지만 이 시간을 견뎌야 보복을 피할 방법도 생긴다는 생각에 천용진은 이를 악물었다.

"짧게 이야기합시다. 이건 명백한 비즈니스지, 용서 같은 감정의 문제가 아닙니다."

"명심하겠습니다."

천용진은 답을 하기 위해 고개를 들었다.

잠깐 본 김택수의 얼굴은 꼭 무채색으로 칠한 것처럼 감정이 없게 느껴졌다.

"앞으로 일말의 거짓이라도 말할 시에 모든 게 없던 걸로 되는 겁니다."

"예."

"가로쉬가 우리 어둠의 나라에 무슨 짓을 했습니까?"

"아직까지 영향을 미칠 만한 건 네메시스가 전부입니다. 녀석을 활용해 스피츠를 꾀어 내려고 했습니다. 가로쉬에 숨겨진 코드를 풀기 위함이라고는 하는데, 그 안에 뭐가 있는지까진 파악하지 못했습니다."

잠시 숨을 고른 천용진은 말을 이었다.

"가로쉬는 현재 네메시스가 독자적으로 움직인다고 판단

한 모양입니다. 제가 넘긴 카이얀의 데이터로 아마 디퍼에 줄을 댔을 겁니다."

"확실합니까?"

"저는 목숨을 구걸하는 중입니다. 이럴 때 꼼수를 부리느니 차라리 더 납작 엎드립니다, 저는."

말을 마친 천용진이 쓴웃음을 지었다.

살고자 하는 의지만 남아 버린 얼굴은 꼭 바람 빠진 풍선을 떠올리게 했다.

"오늘부로 부사장 직책에서 물러나는 겁니다. 앞으로 넥씨에서 어떤 권한도 행사할 수 없고, 퇴직금도 일체 지급받을 수 없습니다."

"예."

"또 넥씨의 프로모션을 방해하여 마왕에게 피해를 끼친 것도 인정합니까?"

"인정합니다."

"그럼 피해보상과 합의금 조로 천용진 씨가 보유한 차명 주식 모두를 강철 씨에게 양도하십시오."

"그렇게 하겠습니다."

대답하는 천용진보다 옆에서 지켜보던 송재균이 더 놀란 눈치였다.

"이상의 조건을 받아들인다면 넥씨는 당신에게 어떤 법적 조치도 취하지 않는다는 합의서를 써 드리겠습니다."

"감사합니다."

거기까지 말한 김택수가 시선을 돌렸다. 대화가 끝났으니 그만 나가 보라는 뜻이 분명했다.

천용진이 꺼질 듯한 몸을 이끌고 방을 나선 다음이었다.

"의장님, 강철 씨에게 차명주식을 넘긴다니요?"

오랜 시간 침묵을 지키던 송재균의 물음에 김택수가 옆으로 몸을 돌렸다.

"사람 일은 모르는 겁니다. 훗날 천용진의 잘못이 세상에 드러났을 때, 그 주식을 넥씨가 소유했다고 생각해 보십시오. 대가성으로 받았다고 오해하기 딱 좋은 상황 아닙니까?"

"그렇긴 하네요."

"하지만 강철 씨가 받는 건 문제 될 게 없습니다. 마왕은 프로모션을 통해 돈을 버는데, 그걸 천용진이 방해했으니 합의금으로 주식을 받는다 한들 뭐라고 할 수가 없는 거지요."

과연 김택수의 말은 틀린 게 없었다.

"이건 우리 회사를 위한 일임과 동시에, 강철 씨를 위한 투자이기도 합니다."

사업가는 사업가라는 생각을 했던 송재균은 이내 차명주식의 시세를 떠올려 보았다.

액수가 상당해서 쉽지는 않을 거였다.

'그래도 시간이 좀 걸리겠는데.'

송재균은 조용히 고개를 끄덕였다.

↪

박형식은 먼저 커피포트에 물을 올렸다.

구형이라 접촉이 잘 안 될 수도 있어서 물이 끓을 때까지 긴장의 끈을 놓치면 안 됐다.

그는 봉지 커피를 뜯어 종이컵에 부었다.

하나, 둘, 셋.

설탕과 프림, 커피가 한데 모인 컵을 들여다보며 박형식은 이게 꼭 사무실 같다고 생각했다. 서로 다른 세 사람이 뒤엉켜 진한 맛을 내는 게 꼭 그래 보였다.

"막내야, 나는 두 봉 넣어라잉."

소파에 앉은 권경우가 히죽거리는 통에 그딴 감상일랑 깡그리 사라졌다.

염병할! 커피에 설탕쯤 없어도 되는 거 아니냐.

마음 같아서는 멱살을 부여잡고 창밖에 던져 버리고 싶었지만,

"막내야, 봉지 커피의 생명은?"

"물 조절입니다!"

속없는 대꾸가 자동으로 튀어나왔다.

"끄응."

박형식은 화를 삭이며 커피포트를 들었다.

팔팔팔!

금이 간 주둥이로 연기가 뿜어져 나왔다.

커피야 대충 처먹으면 그만인 걸, 물을 얼마나 넣는지가 왜 그리 중요한 걸까.

정보국 요원처럼 뛰어다녀도 모자랄 판에 커피라니.

박형식이 혼자 상념에 젖을 동안이었다.

띠리리리리!

김필중의 휴대폰이 요란히도 울어 댔다.

화장실을 나서던 그는 바지를 정리하다 말고 전화를 받았다.

"부라더, 먼저 전화를 다 하고 뭔 일이여?"

"큰형님이십니까?"

박형식은 커피포트를 놓아두곤 김필중에게 황급히 달려갔다.

(어디야?)

"사무실이여! 부라더는?"

(강남.)

통화 음량을 최대로 해 놨는지 강철의 목소리가 또렷이 넘어왔다.

(밥은?)

"부라더, 뭔 일 있는 겨? 너무 상냥해서 적응이 안 되잖여!"

어디야, 강남, 밥은, 이 세 마디가 상냥한 건가?

박형식이 중간에 뭐 놓친 게 없나, 혼자 눈만 끔뻑거릴 때였다.

"큰형님, 휴 그랜트 다 되셨네."

언제 왔는지 모를 권경우가 강철의 자상함을 칭송하고 나섰다.

(헛소리 그만하고, 와서 밥이나 먹고 가. 비싼 거니까 점심 먹었어도 와서 또 먹어.)

"부라더! 사람 마음 이렇게 들었다 놨다 해도 되는 겨?"

(박형식도 같이 있어?)

수화기로 이름 석 자가 넘어온 순간, 박형식은 몸이 딱딱하게 굳었다.

"응? 형식이는 왜 찾어?"

(중국에서 그 고생을 했다는데, 얼굴은 봐야 될 거 아냐. 하오도 보고 싶다고 그러고.)

벤치만 지키던 만년 후보의 이름이 드디어 불린 기분이랄까!

"큰형니이이이임! 지금 달려갑니다아아!"

박형식은 몸을 풀 것도 없이, 가장 먼저 사무실을 빠져나갔다.

☞

통화를 마친 강철은 휴대폰을 바지 주머니에 꽂아 넣었다.
전화 한 번 걸었는데 무진장 부산스럽다.
피식.
그래도 기분 좋은 일이다.
밥이나 먹고 가라고 전화할 사람들이 하나둘 늘어 가는 거 말이다.
강철이 휴대폰을 바지 주머니에 집어넣은 직후였다.
웨이터 넷이 접시를 8개나 들고 왔다. 분식집에 온 것도 아닌데 이것저것 깔아 놓고 먹게 생겼다.
"그래도 나름 재미는 있네."
"역시 동생은 나랑 감성이 통한다니까!"
강철과 하오야 그렇다 치더라도,
"앞으로 더 나올 텐데, 테이블이 좁겠는데요?"
아리엘이 생각지도 못한 걱정을 내놓았다.
아무튼, 식탁에 앉은 모두가 기분 좋게 포크를 집어 들었다.
"잘 먹겠습니다!"
솔직히 저런 인사는 송지혜가 최고인데!
강철은 두 팔을 번쩍 든 랍스터의 등에 포크를 뻗었다.
"화장품 관련된 일은 믿고 기다려도 되는 거야?"
"그럼! 공장 새로 짓는 데 시간이 너무 걸릴 거 같아서, 적당한 거 물색해서 벌써 인수해 둔 참이야."

먹성 좋은 아리엘이 포크를 내려놓고 다음 말을 기다렸다.

"당연히 사장님과 의논해서 결정했고, 이번 주 안으로 생산 들어가는 게 목표야."

"잘될 거 같아?"

"하오가 손대면 불패신화지."

그래, 제발 그렇게만 돼 줘라.

그 뒤로는 포크와 나이프 소리만 들렸다.

편안한 침묵과 함께 모두가 이것저것 음식을 먹은 뒤였다.

배가 좀 차서 포크가 접시 위에 놓인 시간이 늘어 갈 무렵, 하오가 강철의 눈을 바라보았다.

저 인간은 왜 또 눈에서 불꽃을 뿜어 대는 거지?

"와인 한 병 시킬까?"

대낮이다. 술이 먹고 싶어서 저러는 건 아닐 테고.

"할 말 있어?"

"<u>호호호!</u>"

멍청하게 웃은 하오가 다시 강철에게 시선을 건넸다.

불꽃을 뿜어내던 눈은 어느덧 잘 벼린 칼날처럼 날카로워져 있었다.

"내가 널 왜 동생으로 여기는지 알기는 해?"

"뭐라는 거야."

"내가 사업을 하겠다고 다짐했던 그때의 기억을, 네가 떠올리게 해 줘서 그런 거야."

밥 잘 먹다 이게 무슨 뚱딴지같은 소리인가 싶었지만, 저런 표정으로 말을 하는데 끊기도 좀 그랬다.

"메이드 인 차이나는 다 알아도, 중국을 대표하는 제품은 없지. 그래서 시작한 거야, 사업은. 12억, 중국인들의 자존심을 세우는 뭔가를 만들어 보고 싶었어."

하오는 한층 더 진지해진 눈빛으로 말을 이었다.

"그러다 동생을 만난 거야. 이 악물고 버텨서 끝내 이겨 내는 마왕이 있는 국가, 그게 한국의 국민성이라며 국민들이 자긍심 드높이더군."

무슨 위인전도 아니고, 듣기가 민망한 내용이었다.

하지만 하오가 그렇게 느꼈다는 걸 멱살 잡고 뭐라고 할 수도 없는 일이라, 강철은 가만히 입을 열지 않았다.

"나도 그런 사람이 되고 싶었다. 그래서 널 곁에 두고 보려는 거야. 반짝거리는 지난날의 나를 떠올리기 위해."

"차라리 와인 한 병을 시킬까?"

참다못해 던진 말이었는데, 하오는 와인만 주문하곤 황급히 말을 이었다.

"강철, 형으로서 부탁 하나만 하자."

하오는 저러다 눈에서 칼이 쏟아져 나오는 게 아닐까 싶을 정도였다.

"나는 중국의 알리베이를 전 세계로 뻗어 나가게 만들 거다. 그러기 위해서는 이번 프로모션이 그 어느 때보다 중요한 상황이야. 나도 이 악물고 싸울 테니, 이 승부를 꼭 승리로 이끌어 다오."

한껏 격앙된 목소리에 통역을 하던 장린도 놀란 눈이 되었다.

"우리가 이기면 알리베이는 뭘 얻는데?"

"전 세계 최고의 기업으로 거듭난다."

"고작 프로모션 하나 승리했다고?"

"배는 오래전에 만들어 두었다. 승리의 바람이 부는 날, 우린 세계라는 이름의 바다로 출항할 거다."

쉽게 말해, 이번의 승리가 알리베이의 세계 진출에 무진장 도움이 된다는 뜻이다.

"그렇게만 되면 우리 국민들은 세계 최고의 기업을 보유했다는 자긍심을 갖겠지. 난 그 일을 해내고 싶은 거야."

그렇게 거창한 걸 왜 마왕한테 와서 찾는 거냐는 물음이 턱밑까지 차오른 순간이었다.

"부라더!"

소리가 들려온 곳으로 고개를 돌리자, 엘리베이터를 두고 굳이 계단을 올라온 김필중이 보였다.

김필중이 이토록 반가울 줄이야!

녀석이 왔으니 이제 낯간지러운 이야기는 그만해도 될 거였다.

그래도 이왕 하던 대화니깐 마무리는 지어 줘야지.

"앞으로 부탁할 거 있으면 그냥 도와달라, 한마디만 해. 우리 그 정도 사이는 되는 거 아니었어?"

강철의 말에 하오는 세상을 다 가진 사람처럼 커다랗게 웃어 보였다.

☞

시간이 지날수록 김택수는 홀가분한 표정이 되었다.

프로모션에 가로쉬, 천용진까지 얽혀 복잡한 상황인 건 맞다. 그러나 뭐부터 풀어야 할지 머릿속에 그림만 그려져도 그때부턴 시간문제나 다름없었다.

"개발자님, 네메시스를 다루는 일이 가장 중요해 보이는데요? 녀석이 프로모션 당일에 말썽이라도 부렸다간 감당이 안 되는 거 아닙니까?"

"예, 맞습니다."

"프로모션 전까지 해결되지 않을 거 같으면 차라리 삭제하는 편이 낫지 않을까요?"

"그것도 고려해 봤습니다만, 그런다고 해결될 문제는 아닙니다. 삭제로 날아갈 코드라면 애초에 심지도 않았을 테니까요."

"그럼 다른 방법이라도 있습니까?"

"아무래도 강철 씨가 게임 내부에서 네메시스의 상태를

파악하는 게 가장 확실할 거 같습니다."

"또 강철 씨의 도움이 필요한 상황이군요. 위험부담은 어떻습니까?"

"어둠의 나라에도, 강철 씨에게도 피해가 가지 않도록 조율해 보도록 하겠습니다."

김택수가 무거운 얼굴로 고개를 끄덕인 다음이었다.

똑똑!

"예."

문이 열리고, 비서가 안으로 들어왔다.

"북미 법인에서 프로모션 관련하여 의장님께 요청드릴 게 있다고 연락이 와서요."

"바로 연결해 주세요."

비서가 나간 뒤 얼마 지나지 않아서였다.

띠루루루! 띠루루루!

"김택수입니다."

(조나단입니다. 포비든이 직접 요청을 해 와서요.)

"어떤 거죠?"

(포비든이 자신의 플레이 데이터를 넘겨달라고 요청해 왔습니다. 이런 적은 전례가 없어서 어떻게 해야 할지 의논하려 연락드렸습니다.)

"잠시만 기다려 주세요."

전화기를 내려놓은 김택수는 통화 내용을 송재균에게 전

해 주었다.

"무슨 의도로 그걸 달라는 건지 짐작되는 부분이 있습니다."

"강철 씨의 카이얀 데이터를 NPC로 제작하는 일 말씀이십니까?"

"예. 하지만 추측일 뿐, 확실한 건 아닙니다."

의장실의 공기가 순식간에 무거워졌다.

"플레이어 데이터를 제공하는 것에 관한 약관은 따로 없습니다. 다만, 프로모션 참가자와의 관계를 생각하면 거부하기가 애매한 건 사실입니다."

"후우."

송재균의 의견에 김택수는 깊은 한숨과 함께 수화기를 귀로 가져갔다.

"예, 알겠습니다. 포비든이 원하는 대로 진행해 주세요."

김택수는 무거운 얼굴로 전화 통화를 마쳤다.

제3장

말썽이나 부리지 말고 있어

렙업하는 마왕님

깡! 깡!

스미든은 땀을 뻘뻘 흘리며 망치를 두드렸다.

불꽃이 사방으로 튀고, 장비들이 조각조각 부서졌지만 그는 기죽지 않았다.

"으랏차차!"

깡! 콰직! 우수수수!

"돈을 얼마나 썼기에 아직도 템이 떨어지는 거야?"

스미든의 부채질을 담당하는 케인이 고개를 들어 천장을 바라보았다.

강화에 실패해 날아가는 양보다, 경매에 낙찰받아 배달되는 템이 더 많았다.

우수수수! 우수수수! 우수수수!

아이템은 정말이지 무한정 쏟아졌다.

"후우, 후우."

장비가 발에 채는데도, 스미든은 망치 한 방에 심혈을 기울였다.

휘이익! 깡! 콰직!

그렇다고 꼭 좋은 결과가 나오는 건 아니었지만 말이다.

((어차피 깨질 거, 초반에는 슬슬 하면서 힘을 비축해 두는 게 어때?))

양손 가득 주사형 포션을 쥔 베인의 제안이었다.

푸슉!

그는 말이 끝나기 무섭게 스미든의 등 뒤에 기력 포션을 꽂아 주었다. 사신의 차림새 때문에 누가 보면 암살을 목적으로 단검을 찔러 넣는 것처럼 보일 지경이었다.

"하아."

스미든이 고개를 숙이자 땀이 후두둑 떨어졌다.

((처음부터 그렇게 달려 두면 나중에 힘이 빠질 텐데?))

"그런 말 말게나."

스미든은 모루 위에 놓인 템을 보며 눈을 부라렸다.

"마왕이 어렵게 준비해 준 장비들이라구. 그걸 생각하면 나는 단검 한 자루도 허투루 다룰 수가 없어!"

콰직!

이런 말을 뱉고 난 다음이면 하나쯤 성공해야 하는 거 아니냐.

"흠흠!"

민망했는지 스미든도 얼른 다음 장비를 노려봤다.

((이건 하오 돈으로 마련한 건데, 마왕님이 어렵게 준비했다고 보긴 좀 그렇지 않은가?))

"아니! 마왕의 명으로 준비했다면! 그건 이미 마왕의 재산으로 간주한다!"

((왜?))

"으랏차차!"

까- 앙!

스미든은 대답 대신 망치를 휘둘렀다.

"베인! 세상에는 수많은 강화사들이 존재한다구."

깡깡깡!

"그런데도 나 하날 믿고, 저 많은 템을 죄 나에게 맡긴 거야!"

콰직! 콰직! 콰직!

대사는 진지한데, 템이 너무 깨졌다.

"적어도 난, 마왕의 든든한 팔이 되어 줄 거다!"

묵직한 각오가 무기고 한복판을 가로지른 직후였다.

콰지지직!

"으잉?"

부서진 장비의 틈새로 새끼손가락만 한 조각상 하나가

떨어졌다.

　모루까지 장비를 조달하던 알다라가 허리를 숙여 그것을 집어 들었다.

　띠링!

　[대마법사 '리안'의 파편.]

　[퀘스트 전용 아이템입니다.]

　[거래가 가능합니다.]

　['리안의 상자'를 개방하는 데 쓸 수 있습니다.]

　[획득하시겠습니까?]

　느닷없는 메시지에 알다라는 고개를 돌렸지만, 무슨 일인지 알 길 없는 스미든은 눈만 깜빡일 뿐이었다.

　송재균의 방 모니터엔 마왕성 무기고 화면이 담겨 있었다.

　까앙! 까앙! 콰직! 콰직!

　"흐음."

　스미든은 전설의 대장장이다.

　고집이 세고, 자존심도 강해서 장비를 수리해 달라는 기본적인 의뢰조차 쉽사리 받아 주는 적이 없었다.

　장비 수리도 안 해 주는데 강화는 말해 뭐하겠나.

　그래서 유저들은 그와의 친밀도를 위해 애쓰고, 그 노력이 쌓이다 보면 제자도 탄생하는 식의 기획 의도를 지닌 NPC가 바로 스미든이었다.

한마디로 솜씨 죽여주는 츤데레 NPC라, 이 말이다.

그런 스미든이 땀을 뻘뻘 흘려 가며 망치를 두드리는 중이었다.

오죽하면 마왕의 팔이 되겠다며 목청까지 드높일 정도다.

인공지능이니까 의도대로 움직이지 않는 건 이해하는 게 맞다. 맞는데,

'이젠 너무 틀어져 버려서 통제가 안 되는 지경까지 와 버렸어.'

이 변화의 중심에는 강철이 있었다.

그를 만나면 NPC들이 기획 의도와 달리 자꾸만 변화한다.

지금이야 강철이 있어 NPC들의 통제가 가능하긴 하다만, 그가 없는 상황도 대비하는 게 맞다. 강철을 못 믿어서가 아니라, 그것이 개발자의 의무이기 때문이다.

'할 일이 더 늘어난 느낌이군.'

송재균이 모니터에서 시선을 돌리려던 그때였다.

삐! 삐! 삐!

스피커에서 느닷없는 경고음이 터져 나왔다.

"응?"

화면은 마왕성에 고정되어 있었다.

혹시 통제를 벗어난 네메시스가 영향을 끼치는 건가 싶었는데, 화면상으로는 별달리 달라진 게 없어 보였다.

"뭐지?"

굳이 찾자면 스미든이 망치질을 멈췄다는 거 정도인데,
띠링!
[대마법사 '리안'의 파편.]
그 순간 화면에 커다란 아이템창이 떠올랐고, 곧 개발자 전용 시스템 메시지가 날아들었다.
[입력되지 않은 퀘스트입니다.]
[입력되지 않은 아이템입니다.]
네메시스가 강철에게 준 퀘스트에서 자신을 괴물로 만든 박사가 '리안'이라고 했었다.
'도대체 무슨 일이 벌어지고 있는 건지.'
송재균의 얼굴에 의문과 고민이 번갈아 떠오른 다음이었다.
"아!"
그는 뭔가가 떠오른 것처럼 휴대폰을 꺼내 통화 버튼을 눌렀다. 수신자는 강철이었다.

지이잉! 지이잉!
침대에 누운 포비든이 휴대폰을 집어 들었다.
(보고드릴 게 있어 연락드렸습니다.)
"뭐지?"

(넥씨에서 데이터를 제공해 왔습니다. 그 자료는 말씀하신 대로 가로쉬에 보내 두었습니다.)

"그럼 가로쉬엔 언제부터 접속이 가능한 거지?"

(일단 어둠의 나라 캐릭터를 가로쉬에 맞게 컨버팅해야 한다고 합니다. 류샹이 직접 나서면 반나절 만에 끝낼 수 있다고 했습니다.)

"나머지는 내가 직접 통화하지."

종료 버튼을 누른 그는 즉시 가로쉬의 류샹에게 전화를 넣었다.

연결음이 울리는 동안 포비든은 창밖을 바라봤다.

야외 조명을 꺼 놔서 그런지 정원은 가로쉬의 필드처럼 어둠으로 가득 차 있었다.

(류샹입니다.)

들뜬 목소리였다.

(카이얀의 데이터와 디퍼의 인공지능이 만나, 역대 최강의 NPC가 탄생했습니다.)

자신감이 어둠을 가로질러 유리를 뚫고, 침대까지 달려들 기세였다.

(시간이 부족해 70퍼센트를 구현하는 데 그쳤지만, 워낙 말도 안 되는 캐릭터라 그 정도의 위력으로도 압도적인 강함을 느끼실 수 있을 겁니다.)

"그건 내가 알아서 판단하겠습니다."

(죄송합니다.)

포비든의 한마디에 류샹은 바로 꼬리를 말았다.

"데이터는 받았습니까?"

(예. 보내 주신 데이터를 가로쉬 캐릭터로 컨버팅하는 작업 중에 있습니다. 2시간을 넘지 않을 것으로 예상합니다.)

"내가 준비할 건 없구요?"

(제공해 드린 계정으로 접속만 하시면 됩니다. 가로쉬지만 어둠의 나라에서 훈련하는 것과 동일한 환경으로 세팅해 두겠습니다.)

"테라와 사사키는 어떻게 됐습니까?"

(두 분도 넥씨에 데이터를 요구했고, 오늘 중으로 제공받을 예정입니다.)

"더 할 말이 있습니까?"

(최고의 환경에서 훈련하실 수 있도록 준비해 두겠습니다.)

통화는 그렇게 끝이 났다.

⇘

새로운 메뉴와 주문한 와인이 준비될 동안 김필중은 입을 꾹 다물었다.

"뭐 해?"

"응?"

"평상시처럼 하지?"

그러자 김필중은 손으로 입 모양까지 가리며 작은 소리로 말을 던졌다.

"하오도 있는데 내가 까불면 부라더 위신이……."

"쓸데없는 걱정 말고, 얼른 박형식이나 소개해 줘."

"아!"

김필중은 일어나서 먼저 고개를 숙였다.

"투자 활동하는 김필중이라고 헙니다. 우리 부라더의 보살핌 아래 열심히는 사는디, 폐 끼치는 건 아닌지 모르겄습니다."

김필중은 박형식 소개를 해 달랬더니 느닷없이 자기소개를 해 댔다.

박수라도 쳐야 되나 싶은 애매한 분위기 속에 김필중이 말을 이었다.

"이 친구가 중국에서 부라더를 위해 열심히 뛰어댕긴 박형식이라고, 우리 에이스입니다."

"박형식입니다."

벌떡 일어난 박형식은 허리부터 꺾었다.

김필중만큼이나 커다란 머리에 떡 벌어진 어깨가 전형적인 건달 느낌을 주었다.

박형식이 눈치껏 자리에 앉으려던 순간이었다.

"아!"

통역 때문에 한 템포 늦게 상황을 파악한 하오가 자리에서 일어났다.

"내 동생을 돕는 일을 했다구요?"

"예? 동생이요?"

박형식이 놀란 얼굴로 강철을 돌아보았다.

그 시선을 따라 김필중의 존경 어린 눈빛과 권경우의 넋이 나간 표정이 더해졌다.

설명을 간절히 바라는 듯한 눈치였는데,

"그냥 그렇게 됐어."

그 말 한마디에 세 인간 다 머리를 핑핑 굴려 가며, 이게 무슨 일인가 계산하는 게 눈에 빤히 보였다.

어쨌거나 하오는 아예 박형식을 향해 걸음을 옮겼다. 그걸 본 박형식은 얼른 의자를 뒤로 밀어젖히고는 하오를 마중 나갔다.

하여간 오버 하나는 죽여준다.

"미안합니다. 부하 직원들이 오해를 한 모양입니다."

"아닙니다. 덕분에 중국에서 푹 쉬다 왔습니다."

"앞으로도 지금처럼 동생을 위해 힘써 주세요."

하오는 딱 거기까지 말하고 돌아섰는데, 김필중부터 박형식에 권경우까지 죄다 감격에 겨운 눈빛을 쏘아 댔다.

"아, 편의상 동생이라 부르지만 실은 나보다 큰 사람이라 여기고, 실제로도 그렇게 대하고 있습니다."

서열을 중시하는 하오다.

족보 꼬지 말고, 그냥 강철을 가장 큰형으로 모시면 된다는 걸 거창하게 말한 거나 다름없었다.

그 말이 떨어지자 감격의 눈은 존경을 더해 강철에게 날아들었다.

말린다고 되는 것도 아니라서 강철은 반쯤 포기한 얼굴로 고개를 돌렸다.

"빨리 앉아서 먹기나 해."

"옙!"

박형식은 후다닥 자리로 돌아갔고, 당연히 자기도 소개해 줄 거라 믿었던 권경우가 아쉬운 얼굴로 머리만 긁었다.

복잡하고 어수선해도, 이렇게 다 모여 밥 한 끼 먹는 거 나쁘지 않다.

나중에 송욱환과 송지혜, 송재균 개발자에 김택수 의장까지 다 모이면 어떨까?

지이잉! 지이잉!

그 순간, 얼른 현실로 돌아오라는 것처럼 바지 주머니에서 진동이 울렸다.

'개발자님?'

슬슬 소란스러워지는 분위기라 강철은 자리에서 일어났다.

그냥 움직이는 건데도 모두의 시선이 달라붙어서, '화장실 다녀오는 거야.' 하고 한마디를 던져야 했다.

테이블이 있는 곳을 벗어나 하얀 복도를 따라가자 화장실로 향하는 팻말이 보였다.

이쯤이면 되겠다 싶어 강철은 전화를 받았다.

(네메시스의 퀘스트가 어떤 건지 갈피를 잡은 것 같아 연락드렸습니다. 혹시 대마법사 리안이라고 기억나십니까?)

강철은 잠깐 생각에 잠겼다.

어디서 들어 본 거 같은데, 뭐였지?

(네메시스가 복수의 대상으로 지목했었습니다.)

"아, 기억나요! 그게 왜요?"

(어둠의 나라에는 '리안'이라는 캐릭터가 없다고 말씀드렸었죠?)

"예. 그래서 그 퀘스트를 수행할 수가 없었잖아요."

순간 강철의 눈이 빛났다.

"아! 녀석이 어디 있는지 알아낸 거예요?"

(그렇습니다.)

단단한 대답 뒤에 송재균이 말을 이었다.

(리안은 가로쉬의 NPC였습니다. 정확하게는 업데이트를 준비 중인 NPC입니다.)

"그럼 네메시스는 가로쉬에 있는 놈을 죽이라고 퀘스트를 준 거예요?"

(제가 파악하기론 그렇습니다.)

이건 또 무슨 창의적인 퀘스트냐?

담담한 목소리의 송재균과 달리, 강철은 황당하단 표정으로 입을 열었다.

"협정 맺고, 주식까지 받았는데 넘어가는 건 말이 안 되잖아요?"

(가로쉬가 먼저 협정을 깬다면 응징할 수는 있겠지요. 그러나 지금은 상황이 좀 애매합니다. 전에 공격했던 흔적이 남아서 네메시스를 오염시킨 거다, 억울하다 우겨 대면 증명하기도 어렵습니다.)

이 상태에서 네메시스의 퀘스트를 진행한다는 건 말이 안 된다. 그런데도 놈과 자꾸 엮이는 걸 보면 언젠가 뭔 일이 있긴 할 거 같다는 막연한 예감이 들었다.

'어쨌거나, 그게 지금은 아니라는 거잖아.'

강철은 결심이 선 것처럼 고개를 끄덕였다.

"개발자님, 앞으로 네메시스가 멋대로 움직일까 걱정되는 부분이 있으시면 언제고 연락 주세요. 제가 항시 접속해 있을 거니까요."

(예, 알겠습니다.)

"대신, 오늘 저녁부터는 제대로 훈련에 들어갈 겁니다."

팀플레이니까 지금껏 훈련 시작을 못 한 거다.

알리베이 프로모션을 지나며 하오나 아리엘 모두 쉴 시간이 필요했으니까.

그래도 한 이틀 푹 쉬었으니까 회복됐겠지?

아니라도 이제 더는 어쩔 수 없다.

강철이 아는 승리 공식은 딱 하나다.

남들보다 더 많이 노력한다!

누구나 그 공식을 알아도, 그걸 강철보다 훌륭히 실행하는 사람은 여태 본 적이 없다.

"힘들면 링거 꽂고 또 하면 되지, 뭐."

이제 제대로 된 훈련을 할 수 있다는 생각에 강철은 기분 좋은 미소를 지어 보였다.

훈련 생각에 마음은 급했는데, 그래도 식사는 기분 좋게 마무리했다.

옛날 같으면 김필중이 또 엉겨 붙었겠지만, 오늘은 큰일 하는 분의 행보에 어찌 돌을 놓겠냐며 후다닥 돌아가 버렸다.

덕분에 오후 2시도 채 되지 않아 접속을 할 수 있었다.

강철이 향한 곳은 네메시스의 성이었다.

지이이잉!

이제 여기 오면 조명용 포탈은 자동으로 열린다.

과연 어둠이 걷힌 곳으로 드래곤 대가리가 모습을 드러냈다.

"내가 준 퀘스트를 수행하러 와 준 건가?"

"지금은 안 돼."

"아니, 자네라면 할 수 있을 걸세. 그럴 거야."

매몰차게 거절한다고 누가 뭐라겠나.

그래도 감정이 있는 NPC에게 그러고 싶진 않았다.

"지금은 널 도와줄 상황이 못 돼."

크르릉!

놈이 낮게 울었다. 불만을 토한다기보다는 슬퍼하는 것처럼 느껴졌다.

하긴 괴물을 만든 마법사 어쩌고 하면서 엄청 진지하긴 했었다.

"왜 느닷없이 퀘스트에 감정을 넣어서 사람 피곤하게 만들어?"

"나는 날 이렇게 만든 놈에게 복수하고 싶을 뿐일세."

"복수고 나발이고 좀 버텨 봐. 악착같이."

어차피 이 세계에선 깰 수 없는 퀘스트라고 했었다.

맨몸으로 달려온 강철이 해 줄 수 있는 말은 딱 거기까지였다.

"내가 지금 NPC 데리고 뭐래는 거야?"

강철이 멋쩍은 듯 혼잣말을 중얼거렸는데, 그 안에 담긴 마음 따위를 느끼기나 한 것처럼 놈이 고개를 끄덕였다.

"이 퀘스트는 종료되지 않고, 언제든 유효할 걸세. 그러니 기억나거든 나를 다시 찾아와 주게."

"말썽이나 부리지 말고 있어."

어둠 속으로 몸을 파묻는 네메시스의 뒷모습을 강철은 끝까지 지켜봐 주었다.

가타부타 말은 없어도 네메시스의 발걸음이 이미 충분한 답처럼 느껴졌다.

띠링!

「강철 씨, 당분간 네메시스가 속 썩일 일은 없을 거 같은데요?」

송재균은 개발자다운 감상을 내놓았다.

쩝! 속 썩이면 패 주러 오면 된다.

각성 스킬 한 방이면 단칼에 썰어 버릴 자신도 있었다.

그러면 차라리 편한데, 저렇게 울적하게 돌아서는 건 좀 난감했다.

'뭔 놈의 퀘스트가 나 아니면 못 깬다고 난리야?'

그러고 보면 언제부턴가 강철이 아니면 안 되는 것들이 꽤 많아졌다.

이번 프로모션만 봐도 그렇다.

아리엘은 송지혜의 병원비를 제 손으로 마련하길 원했고, 하오도 알리베이를 세계 최고의 기업으로 만들길 바랐다.

그 일의 중심엔 강철의 승리가 자리하고 있었다.

꽈악!

강철은 주먹을 말아 쥐었다.

이런 부담감, 좋다.

너무 어려서 아빠 짐을 나눠질 수가 없던 시절도 있었다. 그때에 비하면 지금은 얼마나 행복한가.

"여기서 징징대는 건 강철 아니지."

씩 웃어 보인 강철은 포탈을 향해 몸을 날렸다.

스피츠의 아공간에는 이미 아리엘과 하오가 와 있었다.

두 사람에게 훈련에 임하는 자세나 각오 따위는 미리 설명해 두지 않았다. 그런데도 둘의 얼굴에 다부진 결의가 떠올라 있었다.

"동생, 완전히 다른 사람이 됐는데?"

지금 그쪽이 딱 그렇거든요.

하오의 말은 그래서 엉뚱하게 들렸다.

촤르르륵!

날개 펴는 소리와 함께 육중한 몸집의 스피츠가 모습을 드러냈다. 오늘따라 유난히 거대해 보이는 레비아탄도 함께였다.

대충 준비는 끝났다는 생각에 강철은 메시지창을 띄웠다.

「개발자님, 적 프로필 좀 띄워 주실 수 있으세요?」

강철의 말이 떨어지기 무섭게 빔 프로젝터를 쏜 것처럼 눈앞으로 화면이 떠올랐다.

하오와 아리엘부터 스피츠와 레비아탄까지, 모두가 그 화면을 집중해서 바라보았다.

역시나 가장 먼저 재생된 건 포비든의 영상이었다.

"흐음."

이제 막 시작됐을 뿐인데도 하오의 표정이 딱딱하게 굳어 있었다.

서버는 달라도 세계 최강 자리를 두고 경쟁하던 사이라고 했었다. 소위 라이벌쯤 되겠지.

"최단 시간 레이드 공략 기록은 죄다 포비든이 갖고 있어. 인정하기 싫지만 뛰어난 리더라는 뜻이지."

하오의 말대로 화면 속의 포비든은 사람 몸집보다 커다란 장검을 들고 전투를 진두지휘하였다.

강철은 어느 것 하나 놓치지 않겠다는 듯이 놈의 플레이를 꼼꼼히 살폈다.

클래스는 언뜻 봐도 광전사였다.

모든 스탯, 스킬, 아이템을 공격에 올인하고, 방어는 컨트롤로 메우는 전형적인 외줄타기형 캐릭터가 분명했고.

저런 건 실수하면 그대로 끝인데.

콰아아아아악!

과연 방어력이 취약한 놈의 약점을 노리고 아파트 10층 높이의 해일이 놈에게 덮쳐 왔다.

S급 법사가 마나를 한 방 제대로 날린 최상급 마법이었다.

그런데도 놀라운 건 놈이 피할 생각을 않는다는 거였다.

이 장면만 봐도 강철은 대충 감을 잡을 수 있었다.

"히든 클래서라 이거지?"

스와아아악!

해일이 놈을 집어삼키기 직전에, 놈의 몸 위로 핏빛 갑옷이 생겨났다.

콰르르륵!

결국 해일이 포비든을 거세게 덮쳤다.

그러나,

타다다다닥!

포비든은 해일을 뚫고 오히려 적을 향해 달려들었다.

그 막강한 마법에 조금도 충격을 받지 않았다는 것처럼 전보다 기세가 올라 있었다.

서- 겅!

피를 뿌리며 달려갔던 놈은 단칼에 적의 목을 베어 버렸다.

"이번 프로모션의 승패는 저 갑옷을 뚫느냐, 못 뚫느냐에 달렸군."

강철의 평가였다.

"저 갑옷은 위기 때마다 자동으로 터져 나와. 그러니까 포비든은 마음 놓고 공격에만 집중할 수 있는 거지."

"그럼 방어력이 적당한 수준이어야 맞는 거 아니에요? 스미든이 갑옷 두 개 껴입은 거보다 더 막강한 거 같던데."

하오와 아리엘이 연이어 의견을 내놓았는데, 감상이나 푸

넘 수준을 넘지는 못했다.

"스피츠, 아무래도 포비든의 역할을 해 줘야 할 거 같은데? 가능하겠어?"

《마왕을 돕는 일이라면 당연히 해내야지.》

스피츠의 단단한 답이 있었다.

그 뒤로 프랑스의 테라, 일본의 사사키의 영상이 재생되었다.

테라는 어쌔신과 마법사를 섞어 놓은 듯한 배틀 메이지 클래스였고, 사사키는 사제와 성기사, 흑마법사의 장점만 섞어 둔 최상급 지원형 캐릭터였다.

"조합은 저쪽이 한 수 위네."

딜탱, 딜러, 버퍼가 고루 분배된 탓에, 상성 싸움에선 놈들이 먹고 들어가는 부분이 있었다.

영상이 종료되고, 강철은 잠시 생각에 빠졌다.

의도한 건 아니다.

그런데 꼭 이런 장면을 보면 화면 속의 적을 어떻게 상대해야 할지, 그 대처 방안들이 머릿속을 복잡하게 떠다니곤 했다. 그럼 그중에서 가장 적절한 걸 짧은 시간 안에 찾아내고 만다.

바로 그게 강철의 몫이고, 재능이며, 노력이다.

스피츠와 레비아탄부터 아리엘과 하오까지.

이 시간만큼은 아공간에 모인 누구 하나 입을 열지 못했다.

강철의 머릿속에서 무슨 일이 벌어지는지 아무도 모른다.

다만, 집중력으로 똘똘 뭉친 저 표정을 보고도 기어코 말을 걸 만한 얼간이가 여기 없을 뿐이었다.

↯

[동기화가 완료되었습니다.]

포비든은 대검을 휘둘러 보았다.

접속한 직후엔 물속을 걷는 기분이었다.

같은 툴로 만들었다더니, 동기화가 완료된 지금은 어둠의 나라와 똑같은 느낌으로 움직일 수 있었다.

'괜찮은데?'

필드는 어두웠다. 미발견 지역이 전장의 안개로 뒤덮인 딱 그런 느낌이었다.

두웅!

그 순간 가로쉬 특유의 시스템 알림음이 튀어나왔다.

「적응이 좀 되십니까?」

개발자 류상이 보내온 메시지였다.

"괜찮군요. 테라와 사사키는 얼마나 남았습니까?"

「한 시간 안으로 접속이 가능합니다.」

"그럼 그 시간 동안이라도 나 혼자 마왕 NPC를 상대해 보고 싶은데요?"

「버거우실 수도 있습니다.」

"그건 내가 알아서 하겠습니다."
「알겠습니다. 그렇게 해 드리죠.」
류샹의 귓말이 떨어진 직후였다.
두웅!
[적 NPC가 출현하였습니다.]
두웅!
[적 NPC의 영향력이 닿는 곳까지 어둠을 몰아냅니다.]
두웅!
[전장의 모든 어둠이 사라졌습니다.]
메시지 하나하나가 땅에 꽂히듯 떨어졌다.
어느덧 눈앞이나 겨우 분간할 수 있던 어둠은 통째로 지워졌고, 온몸이 빛으로 뒤덮인 사내가 모습을 드러냈다.
카이얀의 전설이었다는 강철이었다.
NPC인 강철이 고개를 돌려 포비든을 바라봤다.
씨익.
강철의 입가에 미소가 걸렸을 뿐인데,
두근! 두근!
포비든의 심장이 급작스레 뛰기 시작했다.
게임을 오래 플레이하면 안다. 아니, 알 수밖에 없다.
강하다. 상상할 수 없을 만큼.
강철은 허리춤에서 빛을 뽑아 들었다.
화아아악!

검이다. 그런데도 그게 꼭 빛처럼 보였다.

꿀꺽!

마른침을 삼킨 포비든이 강철을 향해 장검을 겨눈 다음이었다.

타다다닥!

강철은 일직선으로 쏘아져 들어왔다.

꽈악!

장검을 말아 쥔 포비든도 물러서지 않았다.

타앗! 부우우웅!

먼저 공격을 뻗은 쪽은 포비든이었다.

그러나 장검이 내리꽂히는 그 순간, 강철의 몸이 흐려지더니 잔상이 생겼고, 바람 소리와 함께 허벅지 쪽에서 빛이 번뜩였다.

푸슈우웃!

그리고 포비든의 허벅지에서 핏줄기가 허공으로 솟구쳤다.

"크헉!"

정확히 보진 못했다.

두웅!

[위기 상황이 발생하여 블러드 아머가 발동됩니다.]

[블러드 아머 100퍼센트.]

뒤늦은 발동이라니, 이런 일은 한 번도 없었는데?

부우우웅!

포비든이 다시 장검을 휘둘렀고,

스으응! 푸욱!

육중한 검날이 잔상을 가른 뒤에 땅에 처박혀 버렸다.

어디야?

순간 대답처럼 강철의 얼굴이 튀어나왔다.

포비든의 심장이 바닥으로 철렁 내려앉은 직후에 빛줄기가 허리를 노리고 날아들었다.

스경!

[블러드 아머 63퍼센트.]

허리 부분을 감싸던 갑옷이 연기처럼 흩어져 버렸다.

젠장!

부우우웅! 부우우웅! 부우우웅!

포비든이 강철의 잔상을 내리 세 번이나 가른 다음이었다.

슈우우욱!

뒤에서 터져 나온 소리를 분명히 들었다. 포비든은 억지로 몸을 틀어 대검을 휘둘렀다.

부우웅웅! 챙!

두 검이 허공에서 부딪혔고, 그 순간 사방으로 불꽃이 튀어 나갔다.

[블러드 아머 57퍼센트.]

팔목이 끊어질 거 같았다.

으드득!

포비든은 잡아먹을 듯이 상대를 노려보았다. 그러나 강철은 소름이 끼칠 만큼 차분했다. 그 모습을 보고 있자니 온몸의 털이 가시처럼 곤두설 지경이었다.

부우우웅! 부우우웅!

악몽을 떨쳐 내듯 휘두른 검이었다. 거기에 당할 상대가 아니라는 건 포비든이 더 잘 알았다.

그때부터는 적의 움직임을 눈으로 따라가는 게 고작이었다.

타다다닥! 타닥! 타다다닥!

그마저도 가속도가 붙어 소리나 겨우 들을 정도가 되자,

스거거겅!

등줄기를 보호하던 피의 갑옷마저 뭉텅이로 사라져 버렸다.

[블러드 아머 37퍼센트.]

부우웅! 부우웅!

뒤늦게 휘두른 장검은 허무하게 허공을 갈랐다.

아무것도 보이지 않는 깜깜한 어둠 속에 손발이 묶인 채로 갇힌 거 같았다.

타다다닥! 타다다닥! 스거거겅!

거대한 무력감이 포비든을 삼켜 버린 직후였다.

두웅!

[블러드 아머가 해제되었습니다.]

"커헉!"

포비든은 커다란 핏줄기를 토해 냈다.

털썩!

뒤로 고꾸라진 포비든의 등이 땅에 닿은 순간이었다.

푸슝!

캡슐이 먼저 열렸고,

쿨럭! 쿨럭!

속에서 웅크리고 있던 기침이 기다렸다는 듯 터져 나왔다. 접속이 종료됐는데도 온몸에 통증이 남아 있었다.

"하!"

일그러진 포비든의 표정을 비집고 헛웃음이 튀어나왔다.

제대로 싸워 보지도 못했다.

"이게 말이 된다고?"

일단 캡슐에서 몸을 일으킨 포비든이 황당함을 감추지 못한 얼굴로 휴대폰을 꺼내 들었다.

(류샹입니다.)

"마왕이 이 캐릭터를 직접 키운 게 맞습니까?"

(예. 그 실력을 인정받아 마왕이 됐다고 들었습니다.)

그 정도야 알고는 있었다. 하지만 데이터에 적힌 숫자를 눈으로 확인하는 것과 게임 안에서 칼 한 방 얻어맞는 일의 차이를 굳이 말로 설명할 필요는 없었다.

(너무 실망하실 필요는 없습니다. 카이얀의 강철은 지금

마왕보다 월등히 높은 수치로 만들어졌습니다. 현재 마왕이 상대해도 비슷한 결과가 나올 겁니다.)

포비든의 심정을 알아차렸는지 류샹의 설명이 전화기 너머에서 날아들었다.

(게다가 강철을 NPC로 만들기 위해 가로쉬에 카이얀의 환경까지 구축했다는 것도 고려하셔야 합니다. 만약 이 NPC를 이겨 낸다면 어둠의 나라 마왕쯤 그리 어려운 상대가 아닐 거라고 확신합니다.)

포비든의 얼굴에는 황당함이 사라졌고, 그 자릴 심각하게 굳은 표정이 대신하고 있었다.

(우선 훈련이 가능한 수준까지 NPC의 위력을 하향 조정하는 것이 어떻겠습니까?)

"그게 얼맙니까?"

(NPC 위력의 50퍼센트입니다.)

"본격적인 훈련 때는 테라와 사사키도 합류할 겁니다."

(그것까지 감안해서 드린 말씀입니다.)

부드득!

자존심 무너지는 소리가 사방에서 터져 나오는 듯했다.

"후우."

그러나 지금은 자존심을 내세울 상황이 결코 아니었다.

"바로 접속할 겁니다. NPC 힘을 확실히 조절해 주세요."

통화를 마친 포비든은 즉시 캡슐 안으로 몸을 누였다.

캡슐이 닫히는 동안 그는 강철의 날카로운 얼굴을 떠올리며 아랫입술을 꽉 물었다.

렙업하는 마왕님

 전투가 시작되자 스피츠와 레비아탄이 좌우로 흩어졌다. 가장 약한 아리엘을 노리려는 게 분명해 보였다.
 "하오! 레비아탄 쪽으로!"
 강철의 명령과 동시에 하오가 몸을 날렸다.
 콰아아아아!
 레비아탄이 즉시 브레스를 뿜었고, 하오가 피하는 쪽으로 꼬리를 휘둘렀다.
 슈욱! 까- 앙!
 창과 꼬리가 맞부딪힌 그 짧은 틈이었다.
 "으아아아!"
 아예 창을 던져 버린 하오가 레비아탄의 품속으로 쏘아

져 들어갔다.

하오의 21강 단검이 빛을 뿜은 직후였다.

"제대로 꽂아 주마!"

쑤욱!

하오의 검이 레비아탄의 가슴에 틀어박혔다. 피가 튀었고, 레비아탄의 입에서 짧은 신음이 터져 나왔다.

레비아탄의 방어력을 모를 하오야 한 방 제대로 먹였다고 생각할 거다.

"피해!"

스피츠를 상대하던 강철이 소리쳤다.

하오는 그 뜻을 이해하지 못했지만, 강철의 명령이라 일단 뒤로 빠지고 보았다.

그러나,

콰아아아아!

레비아탄의 브레스가 한 템포 더 빨랐다.

"젠장!"

어떻게든 피해 보고자 하오가 몸을 뒤튼 순간이었다.

콰과과과!

뒤쪽에서 아리엘의 얼음 마법이 터져 나와 브레스를 가로막았다.

"얼마 못 버텨요! 빨리요!"

그녀의 말에 하오는 일단 움직였다.

촤아아아!

레비아탄은 그 틈을 노려 아리엘에게 튀어 나갔다.

"하아아앗!"

스태프를 치켜든 아리엘이 또다시 얼음 마법을 쏟아 냈다. 하지만 레비아탄의 돌진을 막긴 역부족이었다.

"으갸갸갸!"

하오가 이를 악물고 추격했지만, 레비아탄이 한 템포 더 빨랐다. 마법을 캐스팅할 새도 없이 아리엘을 향해 박치기가 날아들었다.

촤아아아악! 쐐애애애액! 콰직!

바로 그때, 강철의 사이드가 레비아탄의 주둥이를 내리찍었다. 레비아탄의 고개가 아래로 처박혔고, 아리엘이 뒤로 몸을 피했다.

으드득!

무리한 공격에 팔부터 어깨까지 끔찍한 통증이 뒤따랐다.

문제는 여기서 끝이 아니라는 데 있었다.

"하오! 아리엘을 도와!"

강철의 마크를 벗어난 스피츠가 곧장 아리엘을 노리고 날아들었다.

"아리엘! 뛰어!"

명령과 동시에 강철은 스피츠를 향해 몸을 던졌다.

그오오오오!

쩍 벌어진 스피츠의 입을 중심으로 공간이 일그러지기 시작했다.

브레스다.

그러나 지금까지와는 차원이 다른 브레스가 분명했다.

콰아아아아아아!

눈앞에서 화산이 폭발하는 느낌이었다.

피해야 한다.

그러나 여기서 물러서면 아리엘은?

촤아아아악! 촤아아아악!

강철은 브레스를 향해 몸을 날렸다.

부드득!

비명이 터져 나오려 할 때마다 어금니가 부서져라 이를 악물었다.

불길에 휩싸이자 날개가 온전히 움직이질 않았다.

숨이 턱턱 막혀 왔다.

그러나 여기서 몸을 피하면 이 불길이 아리엘을 집어삼킨다.

휘이이익!

그 와중에 스피츠의 꼬리까지 날아들었다.

쒜애애액! 처- 억!

사이드로 꼬리를 그은 순간, 묵직한 통증과 함께 강철의 HP 게이지가 눈에 띄게 깎여 나갔다.

슈욱! 휘이이익! 파바바밧!

그 순간 뒤편에서 전투 소리가 쏟아져 나왔다.

"마왕! 여긴 우리에게 맡겨!"

하오의 음성이었는데, 돌아볼 틈은 없었다.

콰아아아아아아!

더욱 거세진 불길이 강철을 집어삼킨 다음이었다.

"하아아앗!"

뒤에서 터진 외침과 함께 강철의 몸으로 둥그런 형태의 쉴드가 생겨났다.

아리엘이 본인의 HP를 태워 쉴드를 생성해 준 거다.

이 정도면 5초는 더!

그러나 스피츠의 눈은 벌써 아리엘을 좇고 있었다.

쏴아아아악!

스피츠는 기어코 아리엘을 향해 날개를 뻗었다.

하오는 레비아탄과 뒤엉켜 도움을 줄 수 없는 상황이었고, 쉴드에 HP를 쓴 아리엘이야 다음 동작을 기대하기 힘들었다.

촤아아악! 촤아아악!

등줄기가 찢어져라 날갯짓을 한 강철은 스피츠의 꼬리를 움켜쥐었다.

투둑! 투두둑!

팔뚝에서 나는 소리였다.

입을 쩍 벌린 스피츠는 아리엘을 향해 브레스를 뿜어 댈 준비를 하는 중이었다.

강철은 스피츠의 반대편으로 몸을 뺐었다.

버틴다. 악착같이 버텨 낸다.

이를 하도 악물어서 턱에 감각조차 사라져 버렸다.

기절하면 기절했지, 절대로 포기하진 않아!

젖 먹던 힘까지 짜내, 스피츠를 집어 던지려던 바로 그 순간이었다.

불을 집어삼킨 것처럼 가슴이 뜨거워짐과 동시에,

화아아아아악!

그 안에서 빛줄기가 연이어 뿜어져 나왔다.

거대한 기운에 땅이 뒤흔들렸고, 스피츠와 레비아탄이 그 자리에 굳어 버렸다.

강철은 허공을 향해 고개를 치켜들었다.

크와아아아아- 앙!

어마어마한 포효가 스피츠의 아공간을 가로지른 다음이었다.

촤아아아악! 쐐애애애액!

강철이 미칠 듯한 속도로 날아서 사이드를 뺐었다.

콰과과과과!

제트기 엔진 소리가 허공에서 터져 나왔다.

스피츠가 황급히 꼬리를 뺐었고, 레비아탄도 방향을 틀어 강철을 막으려 날아왔다.

하지만 그 무엇보다 강철이 더 빨랐다. 서슬 퍼런 사이드가 스피츠의 배를 가르기 직전이었다.

척!

거짓말처럼 강철의 사이드가 허공에 멈춰 서 버렸다.

"후우, 후우."

전투는 그렇게 끝이 났다.

스태프의 힘이 깨어난 순간, 더 싸우는 건 의미가 없다는 판단에서였다.

스피츠와 레비아탄의 눈엔 아직 해소되지 않은 긴장이 잔뜩 묻어 있었다.

"다시 봐도 어마어마하구만."

버프의 힘을 경험했던 하오는 혀를 내둘렀고, 옆에 선 아리엘은 거친 숨을 몰아쉬고 있었다.

강철은 바닥난 HP 게이지를 노려보았다.

타이밍 좋게 버프가 터져 줬다. 운이 좋았다 뿐, 버프가 없었다면 그대로 져 버렸을 거였다.

여기 있는 모두가 그 정도는 알았다.

"3 대 3 승부야. 죽이 되든 밥이 되든, 훈련도 같은 상황으로 진행해야 돼."

"마왕, 우리 지금 3 대 2로 싸워서 진 건데, 한 명을 추가하겠다고?"

하오가 질렸다는 얼굴로 아리엘을 돌아보았다. 마왕에게 무슨 말이라도 해 달라는 눈빛이었는데,
"저게 마왕 스타일이에요."
아리엘은 지옥에 온 걸 환영한다는 것처럼 답을 돌려주었다.

유레카 길드 성은 사람들로 북적북적했다.
길드 마스터인 지크가 마왕성 소속이 됐다는 소문이 돈 뒤로 가입을 위해 몰려드는 사람들로 정신이 쏙 빠질 지경이었다.
"좋은가 보네요?"
"흐흐흐! 최고의 길드로 거듭날 판인데 그럼 안 좋을까."
비델의 물음에 지크는 세상을 다 가진 얼굴로 대꾸했다.
두 사람은 성벽 위에서 발아래를 내려다보는 중이었다.
"씨너스 길드 쪽도 비슷한 거 같던데요?"
"무슨 소리! 우리가 더 많아."
"조건은 똑같은데요, 뭐. 거기도 리온이 마왕성 소속이라는 말 나오고 난리 난 거니까."
"누구 말이 맞을지는 두고 보자고."
지크는 꼭 '너는 떠들어라. 난 오늘만 살란다.' 하는 표정이었다. 하지만 그런 태도도 잠시, 놈은 아쉬운 얼굴로 고개를 돌렸다.

"오늘 같은 날 말이야. 마왕이 딱 와서 얼굴 한 번 보여 주면 난리도 아닐 텐데."

지크가 서운한 표정을 지어 보인 그때였다.

"어라?"

성안에 모인 사람들 틈에서 웅성대는 소리가 터져 나왔다. 그들의 시선은 하늘에 고정돼 있었다.

무슨 일인가 싶어 고개를 들었을 때,

촤아아아아악!

하늘을 뒤덮을 만큼 거대한 날개가 모습을 드러냈다.

"마왕이다!"

누군가 소리치자 '와아아아아!' 모두가 약속이나 한 것처럼 함성을 터뜨렸다.

촤아아악! 촤아아악!

강철은 이계의 하늘을 날고 있었다.

마계 전용 템은 해제됐어도, 아직 버프의 기운이 남은 덕에 몸은 제법 가벼웠다.

하늘을 날던 강철은 메시지창을 띄웠다.

「아리엘, 아마 30분 정도 걸릴 거야.」

「훈련 상대를 구하는 일이라면서요? 그렇게 빨리 돼요?」

「일단 푹 쉬고 있어. 내가 가면 또 훈련 시작이니까.」

「누구 만나러 가는 거예요?」

「먼저 비델부터 확인해 보려고. 성기사 베이스니까, 지원형인 사사키 대역으론 충분할 거 같아서.」

「비델이면 이곳으로 부르지 그랬어요? 마왕군이잖아요.」

아리엘과 하오, 둘 다 이번 전투로 자존심 좀 상했다.

이럴 때 바로 훈련을 계속해 봐야 좋은 결과 안 나온다.

차라리 한 박자 쉬어 가더라도 무엇이 문제인지 곱씹는 게 더 무엇보다 중요했다.

굳이 이계까지 나온 건 그럴 시간을 만들어 주기 위함이었다.

적당한 대꾸와 함께 메시지창을 닫은 뒤였다.

유레카 길드 성의 윤곽이 보였다. 무슨 특별한 날도 아닌데 성은 사람들로 그득그득했다.

"마왕이다!"

이건 당연한 반응인데,

"와아아아아!"

밑도 끝도 없는 이 함성은 뭐냐?

강철은 사이드를 말아 쥐었다. 혹시 덤비는 놈이라도 있으면 베어 버려야겠다는 생각에서였다.

"마왕! 마왕! 마왕!"

황당한 일이다. 자기들 썰라고 만든 마왕을 유저들이 직접 나서 연호하다니.

개중에는 포비든을 이겨 달라는 둥, 한국이 얼마나 먹어 주는 나라인지 알리라는 따위의 응원까지 섞여 있었다.

저것들을 썰어 대면 20만 원씩 따박따박 들어오는데!

'응원까지 들은 마당이니 뺄 수가 없잖아!'

쩝!

아쉬운 마음에 입맛만 다시던 강철은 성벽에 서 있던 비델을 발견했다. 그녀도 강철을 보았는지 손을 흔들었다.

비델의 옆에는 마왕성의 막내, 지크도 보였다. 놈은 입까지 헤벌쭉 벌린 채로 강철을 맞았다.

"마왕의 선택을 받은 건 유레카 쪽이었어!"

"역시 리온보다는 지크지!"

"지크! 지크! 지크!"

도대체 무슨 상황인지 알 길이 없는 강철은 일단 비델 앞에서 날개부터 접었다.

"절 보러 오신 거예요?"

"일본의 사사키라고 있어. 사제, 성기사, 흑마법사를 섞어 둔 놈 같던데."

다짜고짜 본론부터 말한 건데도 비델은 조금도 당황하지 않았다.

"정상급 플레이어고, 저랑 비슷한 타입이에요. 근데 왜요?"

"사사키 역할을 해 줄 상대가 필요해."

"그런 건 당연히 제가 딱이죠!"

두 사람의 대화를 잠자코 듣던 지크도 가만있지 않았다.

"포비든의 대역은 역시 제가 맡는 게 어떻겠습니까?"

강철이 눈길도 주지 않자, 지크는 뻘쭘한 얼굴로 몸을 돌려서는 군중들에게 손을 흔들어 주었다.
"그 말 하나 하려고 여기까지 온 거예요?"
"아니, 간단한 테스트가 필요해서 말이야."
테스트란 말에 비델은 고개를 갸웃거렸다.

✿

김필중 일행은 공장 입구에 서 있었다.
"훌륭한디?"
주위를 휘휘 둘러본 김필중이 동의를 강요하는 눈길로 박형식을 보았다.
"화장품 만드는 데, 여길 다 쓴다는 말씀이십니까?"
"하오가 구해 준 건디, 그럼 하나만 덜렁 쓰겄어?"
"형님, 이 정도면 부자 되는 거 시간문젠데요."
김필중과 박형식이 떠들고, 옆에선 권경우가 끼어들 틈을 노리던 때였다.
"무슨 일로 오셨습니까?"
쥐색 작업복에 검은색 운동화를 신은 직원 한 명이 다가와 물었다.
"송 사장님 뵈러 왔는디. 아, 저기 계시네. 사장니이이임!"
김필중이 고함을 지르면 어지간해선 다들 돌아보게 마

련이다.

송욱환이 고개를 돌리자 김필중과 박형식, 권경우가 차례대로 튀어 나갔다.

"여긴 어쩐 일이십니까?"

사장이라곤 해도 송욱환 역시 직원과 같은 쥐색 작업복 차림이었다.

"내일부터 공장 가동한다는 말이 있든디."

"예, 맞습니다."

"한창 바쁠 때니께 뭐 도와줄 거 없나 왔는디, 사장님도 작업복 입고 뛰댕기고, 오길 잘혔네. 뭐 도와줄 거 없으까?"

"아닙니다. 직원들이랑 다 함께 준비하고 있습니다."

"어허, 우리가 남도 아니고!"

거기까지 말한 김필중이 박형식과 권경우를 차례로 돌아보았다.

"놀러 온 겨? 부라더 돕는 일인데 이러고들 있을 겨?"

김필중의 호통이 떨어지기 무섭게 두 사람은 팔부터 걷어붙였다.

수금하러 다닐 때 말고는 사무실에서 꿈쩍도 하지 않는 김필중이지만, 오늘만큼은 자세부터 표정까지 모든 게 적극적이었다.

혹여 송욱환이 말릴까, 김필중이 공장으로 뜀박질을 해댈 무렵이었다.

타다다닥!

앞서 달려가던 박형식이 뭔가 대단한 말을 하려는 것처럼 진지한 표정으로 돌아섰다.

"형님, 제 촉 아시죠?"

"알지. 근디 왜 그러는 겨?"

"넥씨에 쁘락치 하나 있다고 말씀드리지 않았습니까? 그 인간 보호해 줄 능력 되는 게 하오 형님밖에 없거든요."

쁘락치에 하오까지 나오자, 김필중은 금세 이야기에 집중했다.

"그놈 뭐 잘못했어?"

"그 인간이 가로쉬 차명주식에 온갖 비밀을 알고 있어서 중국 애들이 가만 안 둔다고 소문이 쫙 돌았거든요."

"흥미진진헌디?"

"하오 형님 성격에 배신한 인간 돕지는 않을 텐데, 제 촉이 '그 인간 몹시 중요허다!' 이렇게 말하고 있거든요."

"그래서?"

"그 천용진이란 인간이 하오 형님한테 빠꾸 먹으면 우리가 좀 보호해 주면서 필요한 정보를 얻었으면 싶어서요."

촉과 집요함으로 점철된 인생이다.

정보 수집만큼은 박형식을 따라갈 놈이 없다는 게 이 바닥 정설이다.

"근디 그거는 내 마음대로 할 수는 없는 거니께, 부라더한테 연락혀서 상의해 봐야 쓰겄는디?"

"시간 괜찮으실 때 부탁 좀 드리겠습니다."

물어보는 거야 뭐, 어렵겠나.

"그려. 그건 그렇게 알고, 오늘은 짐이나 제대로 옮기자고."

"예, 형님."

거기까지 얘기한 두 사람은 다시 공장을 향해 몸을 돌렸다.

☙

디퍼의 설립자 브룩은 컴퓨터 화면에 떠오른 시간을 확인했다.

2시 30분.

다큐멘터리 감독과 사전 인터뷰를 위해 통화를 하기로 한 시간이었다.

띠리리리리!

역시나 얼마 지나지 않아 전화가 울렸다.

짧은 인사가 오갔고, 바로 본론이 이어졌다.

(다큐멘터리의 초점은 인공지능이 어떻게 탄생하였고, 디퍼가 그 일에 어떤 기여를 하였는지 조명하는 겁니다.)

"그럼 이 얘기부터 해야겠군요. 컴퓨터는 아무리 복잡한 계산이라도 입력 직후에 바로 답을 내놓습니다. 계산기가 그렇지요. 이건 아무리 똑똑한 인간도 할 수 없는 것입니다."

(예, 맞습니다.)

"그 어려운 걸 해내는 컴퓨터가 개와 고양이를 구별해 내지 못했습니다. 그건 다섯 살짜리 어린아이도 할 수 있는 아주 쉬운 일인데 말입니다."

(컴퓨터로 하여금 개와 고양이를 구별해 내는 기술을 발견해 낸 게 디퍼라는 말씀이신가요?)

"예. 그게 바로 인공지능의 시작점입니다."

(그걸 어떻게 알아내셨죠?)

그 질문에서 브룩은 잠시 말을 멈췄다. 아주 가볍게 눈이 흔들리기도 했는데, 통화를 하는 다큐멘터리 감독이 그 표정을 볼 순 없었다.

"어느 날 문득, 아이디어가 떠올랐다고 해 두죠. 그래야 좀 덜 재수 없지 않겠습니까?"

(유머로 답을 대신하시는 건가요?)

"너무 기술적인 이야기를 말씀드리면 다큐멘터리가 수면제 대용으로 쓰일지 모릅니다."

진짜 촬영이 시작될 때 자세한 이야기를 하는 것으로 합의를 한 뒤에 통화는 마무리되었다.

수화기를 내려 둔 브룩은 블라인드 사이로 넘어오는 햇살을 바라봤다.

브룩은 환한 빛보다 모든 걸 집어삼키는 어둠을 좋아했다. 세상엔 밖으로 드러나선 안 되는 것들도 있는 거라고 그는 믿어 의심치 않았다.

 창가를 보던 브룩은 이내 시선을 돌려 모니터 화면에 집중했다. 아들이 주축이 된 게임 프로모션 기사가 하루에도 수십 개씩 쏟아졌다.

 브룩이 책상 위에 있는 버튼을 누르자, 잠시 뒤 문이 열리고 비서 레넌이 안으로 들어왔다.

 그는 브룩이 가장 신뢰하는 사람 중 하나였다.

"요즘 어둠의 나라 때문에 난리도 아니던데요?"

"예."

"가로쉬에서 우리 인공지능을 필요로 한 것도 게임 때문이지요?"

"예."

"그 안에 있는 코드를 풀기 위함이구요?"

"맞습니다."

 둘의 대화는 늘 브룩이 길게 묻고, 레넌이 짧게 대꾸하는 식이었다. 브룩이 그걸 바란 탓이었다.

"아들이 대표로 뽑혔다고 인공지능을 제공할 만큼 속없는 사람이 아닙니다, 저는."

"알고 있습니다."

"우리 인공지능이 가로쉬의 코드를 풀면, 중국보다 내가 먼저 그 내용을 알 수 있도록 손 써 두세요. 그 코드는 마스터가 남긴 마지막 유산입니다. 절대 실수가 있어선 안 됩니다."

"예."

브룩이 이제 그만 나가 보라는 것처럼 고개를 끄덕였고, 레넌이 허리를 숙인 뒤에 문을 향할 때였다.

"아, 잠깐. 우리 일에 위험 요소는 뭐가 있습니까?"

"마왕과 그를 돕는 하오입니다."

"아들이 마왕과 싸운다고 하지 않았습니까?"

"예."

"그럼 아버지는 하오를 상대하는 게 좋을 거 같군요. 하오에게 경고라도 하나 보냈으면 하는데."

"어떻게 처리하면 되겠습니까?"

브룩은 잠시 턱을 괴고는 창밖을 바라봤다.

블라인드 사이로 촘촘히 넘어온 햇살은 레넌의 구두 앞코를 비추고 있었다.

"알리베이를 해킹해서, 메인 페이지에 멋들어진 사진 하나를 띄워 놓으세요. 복면 정도면 딱 좋을 거 같은데요? 그렇게 3일만 서비스를 못하게 만들어도 하오가 몸을 사리지 않겠습니까?"

"바로 진행하겠습니다."

"해킹팀에 너무 많은 걸 요구하지 말고, 알리베이 내부에 다른 마음을 먹은 사람은 없는지, 그쪽과 공조하여 작업하는 게 여러모로 편할 겁니다."

"명심하겠습니다."

레넌이 나가고 난 뒤, 브룩은 알리베이 홈페이지에 들어가 보았다.

"하오가 어떤 표정을 지을지 궁금하군."

혼잣말을 중얼거린 그는 조용히 미소를 지어 보였다.

♤

하오는 잠깐 접속을 종료했다. 훈련 도중 느낀 무력감도 그렇지만, 말로 설명할 수 없는 불길한 예감에 그는 혹시나 하는 마음으로 캡슐을 빠져나왔다.

잠을 못 자서 그런가?

하오가 고개를 갸웃할 때였다.

"약속을 하신 게 아니라면 들어갈 수 없습니다."

"강철 씨와 관련된 일입니다. 말씀만 전해 주시면 분명 만난다는 답이 올 겁니다."

문밖에서 소란이 들려왔다.

"뭔데 그래?"

하오의 물음에 노크 소리와 함께 장린이 문을 열었다.

"넥씨의 천용진이란 사람이 찾아왔습니다."

"뭐?"

천용진이라면 가로쉬의 끄나풀이다.

순간, 하오에겐 배신자에 대한 경멸과 사업가로서의 호기

심이 동시에 일었다.

한번 만나서 무슨 얘길 하는지 듣고는 싶던 차였다.

그게 다 경험이 된다고 생각하면 조금의 시간은 뺄 수 있었다.

"들여보내."

"예, 알겠습니다."

잠시 뒤, 천용진이 큰 걸음으로 들어왔다.

"훈련 중에 잠깐 자리를 비운 거라서, 짧게 이야기하자고."

"긴 내용은 아닐 겁니다."

"할 말은?"

"저를 보호해 주십시오."

"그게 무슨 뻔뻔한 소리지?"

하오는 천용진의 얼굴을 빤히 살폈다. 배신자가 뱉는 말을 눈에 새기고 싶어서였다.

"가로쉬의 차명주식을 넥씨, 정확히는 강철 씨에게 반납하기로 했습니다."

"그나마 마음에 드는 일도 하는군."

"가로쉬에선 절 못 잡아먹어 안달일 겁니다. 이런 상황에서 절 지켜 줄 분은 하오 씨밖에 없습니다."

"내가 왜 그래야 하지?"

"저도 어떤 방식으로든 하오 씨를 도울 수 있으니까요."

"당신이 나를?"

천용진이 고개를 끄덕이자, 하오는 저도 모르게 웃음을 터뜨렸다.

"도움이 필요하다며 나에게 와 놓고서는, 나에게 도움을 줄 수 있으시다?"

"이 일엔 하오 씨가 모르는 어마어마한 사람들이 얽혀 있습니다."

"그렇군. 하오의 정보망에도 포착되지 않는 대단한 인간들이 있는데, 내 앞에서 고개를 숙인 당신이 그걸 다 안다는 거잖아."

"그렇습니다."

"대답은 꼬박꼬박 잘하는군."

하오는 바지춤에서 휴대폰을 꺼내 시간을 확인했다.

슬슬 접속을 해야 했다.

"얼추 다 얘기한 거 같은데?"

"코드와 관련돼서 한바탕 난리가 날 겁니다."

"장린!"

하오의 말에 장린이 안으로 들어섰다. 그의 옆으로는 덩치 좋은 수행원 여럿이 함께였다.

"후우."

천용진은 깊은 한숨과 함께 무거운 얼굴로 하오의 방을 빠져나갔다.

아리엘은 땅이 꺼져라 한숨을 내쉬었다.

강철의 말마따나 자존심 좀 상했다.

스피츠와 레비아탄이 시작과 동시에 아리엘만 노리고 달려들었기 때문이다.

'내가 강했다면 절대 그런 전략은 못 썼을 거야.'

일단 한 명을 쓰러뜨리고 보자는 건데, 지금 이대로라면 포비든도 같은 전략을 뽑아 들 게 분명했다.

아리엘을 지키며 싸워야 하는 강철과 하오는 제 기량을 발휘할 수 없었고, 결국 강철이 위험에 빠진 것도 사실이었다.

아리엘은 스태프를 말아 쥔 채로 성큼성큼 스피츠에게 향했다.

"개인 훈련을 하고 싶어요."

《뭐?》

"이렇게 잠깐씩 쉬는 시간이 생기면, 그때마다 개인 훈련을 하고 싶다구요."

《쉴 땐 쉬는 게 나을 텐데? 마왕이 훈련을 주도하는 상황이면 자주 쉬지도 않을 테고.》

"그래도 하고 싶어요. 아니, 해야 돼요."

송지혜의 병원비를 마련하기 위해 싸우는 상황이다. 무슨 수를 써서라도 더 강해져야 했다.

스피츠는 아리엘의 눈을 들여다보았다.

'스킬을 달라며 찾아왔을 때 꼭 저런 표정을 하고 있었지.'

그런데도 스피츠는 쉽사리 답을 하지 않았다.

"뭘 망설이는 거예요?"

《그 행동 하나가 훈련 자체를 망가뜨릴 수 있다. 아무래도 이건 마왕과 상의를 해 보고 결정해야 할 문제인 거 같군.》

스피츠는 답을 미뤘다.

틀린 얘기도 아니라서, 아리엘은 어쩔 수 없이 고개를 끄덕였다.

《마왕이 허락한다면 자네에게 두 번째 히든 스킬을 쓸 수 있도록 퀘스트를 수여하겠네. 하지만 그렇게 결정된 순간, 자네는 정말 지옥을 경험하게 될 거야.》

하오에게 건넨 말을 고스란히 돌려받은 느낌이었다.

"HP 펌핑 말고도 다른 히든 스킬을 내려 준다고요?"

아리엘의 물음에 스피츠는 대답 대신 메시지창을 띄웠다. 강철에게 귓말을 넣기 위해서였다.

☞

비델은 휘둥그레진 눈으로 강철을 바라봤다.

"간단한 테스트요?"

"대단한 건 아니고, 비델이 얼마나 성장했는지 그게 궁금해서."

"내가 그동안 성장한 게 없다면 훈련 상대도 안 된다는 뜻인가요?"

강철은 어깨만 으쓱해 보였다.

실력이 옛날 그대로라면 시간 낭비하는 꼴이란 말을 어떻게 하겠나.

비델은 불쾌한 눈빛으로 강철을 바라보았다.

"어떤 테스트를 하는 건데요?"

"내 공격을 세 번만 견디면 돼. 도망가도 상관없어. 딱 세 방이야."

"간단해서 좋네요."

비델이 고개를 끄덕이는 동안, 지크와 성에 가득한 유저들이 앞으로 벌어질 일을 기대하는 얼굴로 숨을 죽였다.

"이동할까?"

"아뇨, 바로 시작하는 게 어때요?"

"사람들의 눈이 꽤 되는데?"

"일종의 팬 서비스라고 생각하죠. 얼마나 많은 사람들이 마왕을 기다렸는데요."

마왕을 잡으라고 만들어 놨더니 팬처럼 따라다니면 게임이 굴러나 가겠냐!

강철은 복잡한 마음으로 사이드를 내밀었다.

망치를 움켜쥔 비델은 스스로에게 버프 스킬을 걸기 시작했다.

강철은 잠자코 비델을 기다려 주었다.

"시작할까요?"

비델이 자신 있는 목소리로 물었고, 과연 그녀의 몸이 온갖 버프로 번쩍거렸다.

성기사뿐만 아니라 사제로 스위칭하여 온갖 축복을 다 건 탓에 확실히 많은 스탯이 상승해 있었다.

강철은 고개를 끄덕인 뒤에, 그녀에게 몸을 날렸다.

촤아아악! 쐐애애액!

바람을 가르며 시원하게 휘두른 사이드였다.

오호라?

부우웅! 까- 앙!

비델은 피하는 대신 망치를 휘둘렀다.

"꺄악!"

그런데 뜻밖에도 그녀의 입에서 비명 소리가 터져 나왔다.

무슨 상황인지 알 길 없는 유저들은 다시금 웅성거리기 시작했다.

쐐애애액! 부우웅! 깡! 휘리리릭!

다시 무기들이 허공에서 불을 뿜어 댔다. 그러나 이번에는 비델이 망치를 놓치고 말았다.

지크가 멋지게 날아서 붙잡지 않았다면 구경하던 유저들

에게 떨어졌을 게 분명했다.

"젠장."

거친 말을 뱉어 내는 비델을 향해 강철은 마지막 한 방을 위해 달려들었다.

테스트라는데 도망치고 싶은 사람이 어디 있겠나.

비델이 휘두른 두 번의 망치질은 아마 오기에서 나온 동작이었을 거다.

'이번에도 덤빌 수 있다면 인정해 주마.'

강철은 비델이 망치를 건네받을 새도 없이 다시 몸을 날렸다.

앞에 날렸던 두 방은 나름의 힘 조절을 해 줬다.

쐐애애액!

그러나 지금은 인정사정없이 제대로 날려 줬다.

히든 클래서쯤 되는 비델이니, 지금 강철이 휘두르는 사이드의 느낌을 모를 수가 없는 상황이었다. 그런데도 비델은 투지를 쥐어짠 눈으로 주먹을 뻗었다.

"이야아아앗!"

멍청하긴!

강철이 비델을 향해 눈을 부라렸다.

'이대로라면 너 죽어.'

'마왕, 하오, 아리엘 모두 죽는다고 물러서는 사람들 아니잖아요!'

둘은 그렇게 눈으로 대화했다.

이 장면을 아리엘이 봤으면 분명 도끼눈을 떴겠지?

촤르륵!

순간 강철은 날개를 틀어 몸의 방향을 꺾었다. 그러자 마왕의 허리를 노리고 날아들던 비델의 주먹이 허공을 갈랐고, 강철이 휘두른 사이드가 그녀의 목을 향해 뻗어 나갔다.

질끈!

비델은 눈을 감았지만, 그녀가 예상했던 일은 벌어지지 않았다. 사이드가 비델의 목 앞에서 정확히 멈춰 선 거였다.

"와아아아아아!"

"마왕! 마왕! 마왕!"

그 순간, 성에 모인 사람들의 입에서 함성이 터져 나왔다.

마왕이 유저 잡은 건데, 그게 그렇게들 좋냐?

쩝!

"그래도 놀기만 한 건 아닌가 보네."

강철이 사이드를 거두며 말을 이었다.

"훈련 때도 지금처럼 절대 물러서지 마. 나와 하오가 너만 노리는 상황이 펼쳐져도, 이 악물고 버텨야 돼."

비델은 굳은 표정으로 고개를 끄덕였다.

30분은 걸릴 줄 알았는데 이 정도면 제법 빨리 끝났다.

강철이 마법진을 부탁하려 스피츠에게 귓말을 넣으려 한 순간이었다.

띠링!

「아리엘이 개인 훈련을 바라는군. 앞으로 훈련 사이사이 쉬는 시간에 퀘스트라도 깨고 싶다는데, 어떻게 하면 좋겠나?」

강철은 스피츠의 메시지 내용에 피식 웃음이 나왔다.

이래야 아리엘이지.

「나는 아리엘이 원하는 대로 해 주는 게 좋을 거 같은데.」

「견딜 수 있을까?」

「견디게 만들어 줘야지.」

「역시 마왕답군.」

메시지를 주고받은 뒤에 강철과 비델의 발 아래로 마법진이 그려졌다.

"비델, 각오해야 할 거야."

부드득!

비델은 대답 대신 이를 악물어 보였다.

푸슝!

그리고 그 순간, 강철과 비델이 모습을 감춰 버렸다.

"아아아!"

성에 모인 유저들의 입에서는 아쉬움의 탄식만 흘러나왔다.

제5장

개발자 모드 조작이 불가능합니다

렙업하는 마왕님

　모니터를 바라보는 류샹은 눈이 휘둥그레졌다.
　개발자 전용 접속 화면에 대마법사 리안의 얼굴이 큼지막하게 떠올라서였다.
　리안은 원 개발자 강창모의 설정상, 가로쉬 세계관 내에 가장 강력한 인물이었다.
　[이 게임은 정상적인 상태가 아니다.]
　그리고 그렇게 나타난 백발의 리안이 화면을 노려보고 뜻밖의 말을 던졌다.
　뭐라고?
　류샹은 황당한 얼굴로 리안을 바라보았다.
　[개발자의 동의 없이 게임이 도용되었음을 확인한다.]

"무슨 개소리를 지껄이는 거야?"

다다다닥!

다급한 류샹은 키보드를 두드려 NPC에게 강제 종료 명령을 내렸다.

삐빅!

[개발자 모드 조작이 불가능합니다.]

[모든 입력이 중지되었습니다.]

메시지를 확인한 류샹은 멍한 얼굴로 키보드에서 시선을 들었다.

[NPC의 마지막 단계에 발동되는 경고 메시지다.]

다다다닥!

놀란 마음에 키보드를 두드렸지만,

[모든 입력이 중지되었습니다.]

역시나 결과는 똑같았다.

[게임 내에 존재하는 비밀 코드를 풀어내지 못할 경우, 20일 뒤에 전체 유저를 상대로 경고 메시지가 발송되고, 그날부터 10일 뒤에 이 게임은 종료된다.]

류샹은 살아 있는 사람을 대하는 것처럼 소름이 쭉 끼쳤다.

[이 경고는 10일 뒤에 다시 반복한다.]

화면을 가득 메운 리안은 제 할 말만 다 하고는 사라져 버렸다.

"하아."

류샹이 기가 막힌 한숨을 쏟아 낼 때였다.

삐빅!

[개발자 모드를 활용 가능합니다.]

[입력이 가능합니다.]

메시지가 류샹의 권한을 알려 주었다.

'젠장!'

류샹은 화면을 조작해 디퍼에서 제공한 인공지능 알파런을 비췄다. 강철의 데이터를 뒤집어씌웠다곤 하나, 어쨌든 놈의 메인 베이스는 알파런이었다.

알파런의 앞으로 황금 상자가 떠올라 있었다.

저것이 문제의 코드였다.

그러니까 저 빌어먹을 상자를 여는 일이, 코드를 풀어내는 일이라는 뜻이다.

황당하게도 30일이라는 시간 제한까지 붙이다니!

분한 얼굴로 금색 상자를 노려보던 류샹은 이내 키보드를 두드렸다.

'그 상자에 담긴 코드를 풀어내!'

삐빅!

[비정상적인 루트로 개봉을 시도하였습니다.]

[잠금장치가 5중으로 설치돼 있습니다.]

[9,600시간이 필요합니다.]

절망적인 메시지가 연이어 떠오른 다음이었다.

[알파런은 훈련을 위해 만들어졌다. 코드를 푸는 건 알파런의 업무가 아니다.]

예상치 못한 반응이 돌아왔다.

[상자를 개봉하려면 리안의 파편을 획득하십시오.]

[리안의 파편은 어둠의 나라에서 획득하실 수 있습니다.]

"뭐 이런 개 같은!"

류샹은 끝내 욕을 뱉어 내고 말았다.

※

디퍼의 브룩은 책상에 앉아 레넌의 보고를 듣고 있었다.

"해킹팀 '애니머스'가 대기하고 있습니다. 말씀만 하시면 알리베이의 방화벽에 공격이 시작될 겁니다."

"알리베이 내부 소행으로 마무리가 됐으면 좋겠는데요?"

"예. 적절한 인물을 하나 섭외해 두었습니다."

"좋습니다."

브룩이 레넌을 특별히 아끼는 이유는 두 번 돌아볼 필요 없는 깔끔한 일 처리 때문이었다.

"가로쉬에 투입된 알파런이 보내온 정보도 있습니다. 게임 원작자가 남긴 코드를 풀기 위해서는 어둠의 나라로 이동해야 한답니다."

천하의 브룩이 고개를 갸웃하며, 더 자세한 설명을 요구하는 눈빛으로 레넌을 바라보았다.

"가로쉬의 원 개발자 미스터 강이 리안이라는 캐릭터에 암호를 걸어 두었던 모양입니다. 리안을 완벽하게 구현할 때 작동되는 방식인 모양인데, 금색 상자에 담긴 코드를 풀어내라는 요구였답니다."

"금색 상자? 어둠의 나라로 가야 한다는 말은 또 뭡니까?"

"그 금색 상자를 열 수 있는 코드가 어둠의 나라에 있답니다."

브룩은 더 알아듣지 못하겠다는 얼굴이었다.

"어둠의 나라 역시 미스터 강의 게임을 도용했다는 뜻입니까?"

"그보다는 전에 가로쉬가 어둠의 나라에 몰래 접속했던 사실 때문에, 그쪽으로 일정량의 데이터가 넘어간 게 아닌가 싶습니다."

"후우!"

브룩이 고개를 절레절레 저었다.

"미스터 강은 정말 무서운 사람이군요. 리안이란 캐릭터에 그런 기능을 숨긴 것도 그렇지만, 접속한 다른 게임에 영향을 미칠 정도라니. 그것도 십 수 년 전에 이미……."

"참고로 어둠의 나라 속 마왕이 가로쉬를 초토화한 적이 있습니다만, 넥씨와 마왕이 가로쉬의 주식을 받는 조건으로 합의했다는 후문입니다."

"그 마왕이란 인물이 미스터 강의 아들이라고 하지 않았던가요?"

"예."

"피는 속일 수가 없나 보네요. 아무튼, 마왕이 미스터 강의 권리를 찾으려고 하는 것은 정해진 절차 같은 거군요."

"예. 안 그래도 하오와 손을 잡고, 가로쉬를 되찾기 위한 소송을 준비 중입니다."

레넌의 답에 브룩은 씨익 미소를 지어 보였다.

"훗날 그 칼끝을 나에게 겨눌 수도 있겠군요. 우리의 기술이라는 것도 결국 마스터가 만든 인공지능을 발전시킨 형태이니까요."

인공지능 기술이 상용화된 뒤 디퍼는 개인의 삶에 완벽하게 침투했고, 그로써 가장 거대한 기업이 되었다.

그리고 그 인공지능의 원천 기술은 누가 뭐래도 강창모의 아이디어에서 나온 것이 분명했다.

"대가를 지불했어야 했습니다."

레넌의 혼잣말 같은 탄식이 울려 나온 다음이었다.

"지금은 돌이키기조차 어려운 일입니다. 그러니 모든 가능성을 염두에 두세요. 레넌 씨도 그렇게 움직여 주시고."

"명심하겠습니다."

"한 가지 더 확실하게 짚고 넘어가지요. 하오 외에도 마왕에게 도움을 주는 이가 있습니까?"

"넥씨의 김택수 의장, 송재균 개발자와 개인적인 친분이 있습니다."

"그렇다면 더는 나서지 못하게 그들에게도 적절한 경고는 해 주어야겠네요."

"준비해 두겠습니다."

레넌의 단단한 대꾸에 브룩은 조용히 고개를 끄덕였다.

⚐

지이이잉!

발아래 펼쳐진 마법진이 흩어지며 강철과 비델이 스피츠의 아공간에 도착했다.

강철이야 수없이 온 곳이지만 비델에겐 남다른 경험인가 보다. 신기하다는 눈으로 주위를 둘러본 비델의 시선이 아리엘과 하오에게 번갈아 가 닿았다.

"표정부터 장난이 아닌데요?"

아리엘은 스피츠가 주는 퀘스트를 수행 중이었다.

쉬는 시간까지 쪼개 가며 개인 훈련을 하는 셈인데, 그 각오야 오죽하겠나.

그 뒤편에 보이는 하오도 눈빛은 죽여줬다.

슈우우욱! 콰아아아!

아까 전투가 두고두고 억울했던지, 하오는 뒤늦게 레비아탄과 한판 제대로 붙는 중이었다.

"다들 난리도 아니네."

비델은 꽤나 긴장한 얼굴로 강철을 돌아보았다.

"아리엘과 하오, 두 사람 다 프로모션을 통해 큰 전투를 겪었잖아요? 저랑은 경험이란 측면에서 너무 큰 격차가 있는 거 같아요."

"앓는 소리를 하는 거야?"

"아뇨!"

비델은 이를 악물었다. 서운한 것이 아니라 경험의 차이가 눈물 나게 아쉬운 거다.

하지만 그녀는 그 차이를 따라잡아 보고자 각오의 눈빛을 빛냈다.

강철은 저런 눈을 좋아했다.

"당장은 팀플레이를 하기가 좀 힘들어 보이는데?"

"그럼 우리도 개인 훈련을 하는 게 어때요? 다들 저렇게 열심인데 나 혼자 농땡이 부리는 거, 내 스타일 아니거든요."

강철은 대답 대신 사이드를 말아 줘었고, 비델은 망치를 들었다.

「스피츠! 레비아탄! 훈련 중에 미안한데, 여기 비델에게 버프 좀 걸어 줘.」

강철의 메시지가 떨어지기 무섭게 비델의 몸이 연속으로 번쩍거렸다.

"어어?"

온몸에 힘이 솟아오르자 그녀는 어쩔 줄을 몰라 하는 표정이었다.

그래도 비델이 눈치는 있었다.

"드래곤의 버프인가 보네요?"

강철이 고개를 끄덕이자 '진짜 죽이네.'라며 비델이 감탄을 내놓았다.

"준비됐지?"

"그럼요."

"시작한다!"

"얼마든지요!"

비델의 답과 동시에 강철은 무서운 속도로 몸을 날렸다.

촤아아아악! 쐐애애애액! 부우우우웅! 콰- 앙!

"으윽!"

작은 신음과 함께 비델의 몸이 뒤로 크게 젖혀졌다.

그러나 강철도 그에 못지않게 밀려나 버렸다.

손이 저릿저릿할 지경이었다.

됐다. 두 드래곤의 버프를 동시에 받으면 비델도 사사키의 대역쯤 충분히 할 수 있는 거다.

'훈련의 그림이 조금씩 완성되는 느낌인데?'

만족스러운 심정과 달리 강철은 독한 얼굴로 다시 사이드를 휘둘렀다.

천용진은 난감한 얼굴로 휴대폰을 만지작거렸다.

목숨이 걸린 일이다.

하오가 안 된다고 해도 끝까지 버틸 생각이긴 했다.

그러나 이토록 게임에 오래 접속해 있을 줄 누가 상상이나 했겠는가.

복도에 멍하니 서 있는 천용진과 그런 그를 경계의 눈으로 바라보는 수행원들이 어설픈 대치를 이어 갈 무렵이었다.

지이잉! 지이잉!

재킷 안주머니에서 느껴지는 진동에 천용진은 얼른 휴대폰을 꺼내 들었다.

모르는 번호였다.

혹시나 중국 쪽에서 걸어온 전화일 수도 있겠다는 생각에 천용진은 전화를 받지 않았다.

지이잉!

그러자 바로 메시지가 날아들었다.

「전화 안 받는 거 보니까 쫄았나 보구만. 나 박형식이라고, 우리 전에 만난 적 있는데. 주차장에서 봤었잖수. 아무튼, 하오 형님께 미끄러졌으면 내 전화라도 받으쇼. 그래야 당신 살아.」

주차장에서 봤다는 말 하나로 박형식이 누구인지 추측할

길은 없었다. 그러나 하오를 형님으로 부르는 문구 앞에선 그도 흔들릴 수밖에 없었다.

천용진은 일단 하오의 방에서 최대한 멀어졌다.

하오가 나오는지 확인할 수 있되, 통화 내용은 들키지 않을 만큼의 거리에서 그는 전화를 걸었다.

"누구지?"

(건달이지, 건달.)

"건달이 하오를 어떻게 알아?"

(그런 기나긴 이야기는 만나서 하는 게 맞지 않나 싶은데?)

"난 지금 아무나 만날 수 있는 상황이 아냐."

(에이, 겁 더럽게 많으시네. 나도 중국에 소식통 많거든. 근데 아직 당신은 척결 대상이 아니에요. 너무 인생 주인공처럼 살려는 경향이 있으셔?)

천용진은 박형식의 말을 잠자코 듣고만 있었다.

(차명주식에다, 가로쉬의 악행까지 너무 아는 게 많은 건 인정. 그게 죽을 이유로 충분한 것도 인정. 근데 아직은 안 죽는다니까. 이 양반 몸을 너무 사리시네.)

"누구기에 나한테 이런 전화를 거는 거지?"

(국가대표 건달 박형식이!)

"날 그렇게 잘 안다면, 내가 지금 농담할 기분이 아니라는 것도 대충 눈치챘을 텐데?"

(그런 건 별 관심 없고, 나는 하오 형님 맘에 드는 법만 확

실하게 알 거든. 어때? 대화할 마음이 생기나?)

천용진은 속을 빤히 읽힌 기분이었다.

(문자로 우리 사무실 주소 찍어 줄 테니까, 어여 오세요. 중국 놈들한테 당한다는 그런 이상한 생각 버리시고, 얼른!)

통화는 일방적으로 끝이 났다.

'건달의 말 따위 무시하면 그만이다.'

생각은 그렇게 했는데,

지이잉!

천용진은 저도 모르게 주소가 찍힌 문자 메시지를 확인하고 있었다.

'그렇게 멀지는 않은 거 같구만.'

그가 갑갑한 마음에 뒷머리만 벅벅 긁던 그때였다.

"뭐! 그게 무슨 말이야!"

하오의 방 앞에서 느닷없는 소란이 터져 나왔다.

"그래서 뭐? 어떻게 됐다고?"

목소리의 주인공은 통역사, 장린이었다.

"젠장! 일단 보고부터 드릴 테니, 그 새끼들이 누구인지 수배부터 해 놓고 있어!"

장린은 몹시 굳은 표정으로 하오의 방에 뛰어들어 갔다.

천용진으로서는 무슨 일이 벌어지는지 전혀 알 수 없었다.

다만 저렇게 심각한 분위기면 살려 달라느니, 지켜 달라느니, 어떤 부탁도 하면 안 된다는 거 정도는 확실해 보였다.

"후우."

천용진은 휴대폰에 찍힌 주소를 다시 한 번 눈으로 확인해 보았다.

☆

3대 2로 싸워도 불리하던 참이다.

버프까지 받은 비델이 합류하자 팀플레이는 압도적으로 밀리고 말았다.

간간이 발동되던 스태프의 힘도 더 이상 깨어나질 않았다.

'이래서는 승산이 없는데?'

강철이 악착같이 아리엘을 지켜 나갈 때였다.

"이런 개 같은 일이!"

하오가 예상치 못한 타이밍에 욕지기를 토해 냈고, 모두의 움직임이 단박에 멈췄다.

스피츠와 레비아탄은 높은 곳에서 뿜어내던 브레스의 방향을 급하게 틀었고, 비델은 달려들던 힘을 이기지 못해 높다랗게 뛰어올랐다.

뭐냐, 이건?

급하게 내려선 강철을 향해 하오는 일그러진 얼굴로 입을 열었다.

"우리 웹사이트에 해킹 시도가 있었어."

"응?"

"어떤 개새끼들이!"

하오가 분을 삭이지 못하고는 창으로 바닥을 내리찍었다.

"난 일단 상황을 수습하러 가 봐야겠어."

"여긴 걱정하지 말고, 일단 로그아웃부터 해."

강철의 답에 그는 고개를 끄덕였다.

[플레이어 '하오' 님이 로그아웃하셨습니다.]

메시지가 떠오른 직후였다.

동료가 저 꼴을 당했으면 그래도 함께해 주는 게 의리 아닌가.

"아리엘, 난 하오에게 다녀올게."

"저도 갈게요! 아버지 공장에 그렇게 신경을 써 줬는데 당연히 가 봐야죠."

"일단 스피츠가 주는 퀘스트를 깨고 있어. 상황이 많이 안 좋은 거면 내가 개발자님을 통해 따로 연락할게."

아리엘이 무거운 얼굴로 고개를 끄덕였다.

"비델은 레비아탄과 개인 훈련을 진행하고."

"예, 그렇게 할게요."

비델의 단단한 대꾸와 함께 강철은 로그아웃 버튼을 눌렀다.

푸슝!

하오의 방이라 봐야 같은 층이라서, 강철은 얼른 걸음을 옮겼다.

복도는 소란스러웠다. 황당한 건 복도 한편에 천용진 부사장이 서 있었다는 거였다. 천용진이 눈인사를 했지만 강철은 별 반응 없이 하오의 방으로 향했다.

방 안은 난리도 아니었다. 하오는 휴대폰에다 고래고래 소리를 질렀고, 그 옆에 선 장린도 잔뜩 찌푸린 얼굴로 어딘가 계속 전화를 걸어 댔다.

곤란한 상황인 거 같아서 일단 와 봤다.

그런데 이건 의리와 별개로 옆에 있어 봐야 괜히 방해만 될 분위기잖아?

발을 돌리려던 순간에 수행원 중 하나가 강철을 알아보곤 후다닥 달려왔다. 그러고는 알 수 없는 중국말과 함께 강철을 안으로 안내했다.

때마침 전화를 끊어 버린 하오는 강철을 발견하곤 얼른 이쪽으로 다가왔다.

장린까지 합류한 걸 확인한 하오가 무거운 얼굴로 입을 열었다.

"홈페이지에 해킹 시도가 있었어. 단순히 다운만 시키려는 게 아니라, 안에 있던 데이터까지 파먹으려고 했다더군. 5분 만에 막아 내긴 했다는데, 아주 우릴 죽이려고 덤볐던 게 분명해."

"어쨌든 막았다는 거지?"

강철의 물음에 하오는 고개를 끄덕였다.

"장린, 어떤 놈들이 이런 짓을 했는지 무조건 밝혀내. 알겠어?"

"예."

"돈이 얼마가 들어도 상관없어. 어떤 새끼들이 감히 알리베이에 도전했는지만 알아 와."

"반드시 잡아내겠습니다."

하오의 눈은 그 어느 때보다 독으로 번들거리고 있었다.

가로쉬의 회장 양윤은 개발자 류샹을 못마땅한 눈으로 바라보았다.

"그게 무슨 말씀입니까? 코드를 풀지 못하면 20일 뒤에 경고 메시지가 나오고, 10일 뒤에 게임이 종료된다니요?"

"말씀드린 그대로입니다."

"그럼 정말 게임이 멈출 수도 있다는 겁니까?"

"예."

양윤은 울컥 올라온 화를 꿀꺽 삼킨 눈으로 류샹을 노려보았다.

"갑자기 왜 이런 일이 생겨난 겁니까? 설명해 보세요!"

"마왕이 침공을 해 왔을 때, 게임에 심각한 오류가 생긴 거 같습니다."

 류샹의 입장에서 '원작자 강창모가 그런 코드를 심어 놓은 모양입니다.'라고 답할 수는 없는 상황이었다.

 "그럼 코드를 풀면 되지 않습니까?"

 "그게 말처럼 쉽지 않습니다."

 "그럼 방법이 없단 말입니까! 이대로 20일 뒤에 경고받은 뒤에 다시 열흘을 지켜보다가 게임이 폐쇄되는 것을 보라구요? 아니? 그 NPC가 실제 그런 힘이 있는지조차 확인이 안 된 것 아닙니까?"

 "그 점은 의심의 여지가 없습니다."

 "확인했습니까? 그렇다면 리안이란 캐릭터를 만든 개발자가 당신인데, 도대체 왜 이런 일이 일어났는지! 이해가 가게! 내가 알아들을 수 있게! 그렇게 설명해 보란 말입니다!"

 말을 하던 도중에 결국 양윤은 고함을 버럭 지르고 말았다.

 "어둠의 나라로 넘어갔을 때 그들이 심어 놓은 프로그램에 영향을 받은 모양입니다."

 "그렇다면 그 점을 밝혀내세요! 어둠의 나라를 정식으로 제소하고, 전에 주었던 지분에 어둠의 나라 지분까지 얻어서 받아 내야 할 게 아닙니까!"

 "물리적 시간이 부족합니다. 단순 계산으로도 9,600시간, 날짜 수로 400일이 필요합니다."

 "끄응."

"어둠의 나라에 코드를 풀 열쇠가 있는 것은 확인했습니다."

"그럼 차라리 넥씨에 부탁을 합시다. 김택수 정도 되는 인물이라면 이런 상황을 발뺌하지만은 않을 겁니다."

협정을 맺은 이후에도 류샹은 코드를 풀고자 네메시스를 오염시켰다.

그래 놓고 어둠의 나라에 도움을 부탁한다?

류샹은 아예 얼굴이 하얗게 질려서 고개를 가로저었다.

"그것도 쉽지는 않을 것 같습니다."

"이해하기가 어려운데요? 본인들이 심은 프로그램에 우리 게임이 폐쇄되게 생겼다는데? 우리가 그걸 인정하고 도움을 달라는 거잖습니까? 가로쉬가 폐쇄되면 그들이 가져간 주식도 휴지가 됩니다."

"그들은 협조하지 않을 겁니다."

"그러니까, 왜 그렇게 판단하는지 묻잖아요!"

"우리 게임에 오류가 생겼다고 말할 사람들입니다. 게다가 같은 툴을 사용하기 때문에 그 오류가 옮아가진 않을까, 넥씨 측에서 일단 거부할 게 분명합니다."

이번에도 거짓말로 둘러댄 류샹은 회장의 눈치를 살폈다.

"그래도 요청은 해 보십시오."

"물론 그렇게 하겠습니다만, 받아들이지 않았을 때의 상황도 대비는 해야 합니다."

"그 대비라는 게 뭡니까?"

"어둠의 나라로 넘어가는 겁니다."

"마왕에게 호되게 당해 놓고 아직도 그런 말이 나와요?"

펄쩍 뛰는 양윤에 반해, 류샹의 표정은 진지하기만 했다.

"우리에겐 알파런이 있습니다."

"뭐요?"

"최고의 데이터를 내장한 알파런이 있으니, 마왕쯤 걱정하지 않으셔도 됩니다. 실제로 세계 최고의 플레이어로 손꼽히는 포비든이 70퍼센트의 알파런을 상대로 칼 한번 제대로 뻗어 보지 못했습니다."

"흐음."

"심지어 테라와 사사키까지 더해져 한 팀을 이뤘지만, 결과는 마찬가지였습니다."

순간 양윤의 눈이 흔들렸다.

"그래요, 백번 양보해서 그렇다고 칩시다. 알파런에 입혔다던 데이터는 원래 넥씨에서 온 거 아닙니까? 그럼 넥씨도 똑같이 NPC를 제작하면 그 대책은요?"

"그건 걱정 안 하셔도 됩니다. NPC를 만들 능력이 넥씨에 있었다면, 유저가 플레이하는 마왕 따위 애초에 만들지도 않았을 겁니다."

"정말 어렵군! 좀 쉽게 말해 보세요!"

"생각해 보십시오. 유저인 마왕은 밥도 먹어야죠, 휴식도 취해야죠, 돈도 줘야죠, 해 줄 거 다 해 줬는데 느닷없이 아파서 몸져누울 수도 있습니다. NPC 제작이 가능했다면 벌써 만들지 않았을까요?"

"하지만 디퍼는 만들어 내지 않았습니까?"

"디퍼는 인공지능 기술로 첨단을 달리는 기업입니다. 그들을 대표하는 알파런조차도 데이터의 70퍼센트를 구현하는 데 그쳤습니다. 넥씨의 인공지능으로는 엄두도 못 냈을 겁니다."

양윤은 너무 복잡해 이해가 안 된다는 듯 뒷머리를 벅벅 긁었다. 돈만 많았지, 업무 대부분을 류샹에게 도맡긴 그로서는 어쩌면 당연한 반응이었다.

"간단히 말씀드리면, 넥씨는 만들고 싶어도 기술력이 없습니다. 그래서 선택한 게 유저가 플레이하는 마왕입니다."

"그럼 알파런이 어둠의 나라로 넘어갔을 때, 말 그대로 무적이란 뜻입니까?"

"그렇습니다."

"알파런이 넘어가는 것에 문제는요?"

"같은 툴을 쓰고 있어서 문제없습니다."

"그럴 거였으면 포비든은 어둠의 나라에서 훈련을 할 것이지, 왜 가로쉬로 넘어온 겁니까? 번거롭게?"

똑같은 질문을 계속해 대는 느낌이었다. 그러나 류샹이 지금 그런 불만을 말할 처지는 아니었다.

"어둠의 나라에서 훈련을 했다면 알파런에 내장된 카이얀의 데이터를 넥씨가 확인했겠지요. 그럼 당연히 그 출처에 대한 답을 줘야 합니다. 그게 여러모로 곤란했을 겁니다."

"아무튼, 기술적인 문제가 아니라는 말씀이지요?"

"예. 알파런을 어둠의 나라로 보내는 데 아무런 문제가 없습니다."

"30일이 남았다고 했으니 마저 고민을 해 봅시다."

"예, 그러시죠."

양윤의 말에 류샹은 일단 고개를 숙였다.

⁂

하오는 몇 번이나 아랫입술을 꽉 물었다. 애써 화를 삭이는 게 분명해 보였다.

방 안엔 강철과 하오, 장린 이렇게 3명이 전부였다.

"참 황당하구만."

하오가 어렵사리 꺼낸 말이었다.

"내가 나가 줄까?"

"아냐. 함께 있어 주니까 훨씬 낫구만, 뭘."

"입에 침이나 바르고 그런 얘길 해라."

강철의 말에 하오가 피식 웃음을 흘렸다.

"어쨌든 별 피해 없이 막은 거 아냐?"

"그렇긴 하지."

"그럼 화를 낼 게 아니라, 왜 이런 일이 생겼는지 분석하고, 대처 방안을 마련해서 전파를 해 줘야지. 혼자 화만 내고 있으면 돼?"

"뭐?"

강철은 아차 싶었다.

기업 일이라는 게 어디 게임 오더 내리는 거만큼 간단한 일이겠나 싶어서였다.

게임에서 문제가 생겼을 때 강철은 그렇게 대응한다.

하지만 그걸 모든 상황에 적용하는 건 무리라는 생각이 들어 뒤늦게 뜨악하던 차에, 하오가 눈을 부릅떴다.

솔직히 화를 낼 줄 알았다.

"내가 정신줄을 놓고 있었구만!"

그런데 하오 녀석이 예상치 못한 반응을 보였다.

"젠장! 역시 사람은 위기 때 밑천이 드러나는 법이야. 나는 아직 멀었어!"

하여간 오버로 똘똘 뭉친 인간답게 하오는 바로 전화기를 집어 들었다.

"하오 님께서 통화 내용을 통역해 드리랍니다."

"응?"

강철은 휴대폰을 귀에 댄 하오에게 시선을 돌렸다.

"동생도 사업을 배워야 하잖아."

"뭐래?"

"계속 투자만 할 거야? 아니, 투자만 할 거여도 사업은 배워 두는 게 좋아."

"나 마왕이야. 내가 무슨 사업을 배워?"

"통화하는 거 듣는 게 뭐 어렵다고! 그냥 들어! 들으면서 배워 놔!"

하오, 저 인간은 또 막무가내였다.

그래도 공격받았다고 열 받아 하는 거보다야 나은 거 아닌가.

'전화 통화 듣는 게 뭐 어려운 일도 아니니까.'

강철은 그래서 고개를 끄덕여 주었다.

"이럴 땐 내부에 조력자가 없는지를 가장 조심해야 돼. 이 시간부로는 내 허락 없이, 아무도 방화벽을 조종할 수 없게 세팅해 놔. 보안팀장은 내 전화를 상시 대기할 수 있도록! 알았어?"

그래, 저런 게 하오다.

그 모습을 지켜보던 강철은 저도 모르게 뿌듯한 얼굴을 하고 있었다.

⇲

탁탁탁탁!

천용진의 구두 소리가 낮은 천장에 부딪혔다. 그는 폭이 좁은 계단을 오르는 중이었다.

"사무실이 이런 데 있을 수가 있나……."

잘 찾아온 게 맞는지 계속 주위를 두리번거렸지만, 그래 봐야 보이는 건 빛바랜 벽이 전부였다.

계단을 다 오르자 허름한 철문이 나왔다.

"잘못 찾아왔나."

혹시나 싶은 마음에 그는 문자에 찍힌 주소를 다시 확인해야 했다.

"흐음."

그가 신음하듯 한마디를 토해 낸 다음이었다.

철컹!

눈앞의 철문이 안쪽으로 열렸다. 그 순간 낯익은 남자 하나가 모습을 드러냈다.

"어, 당신은?"

"내가 그랬잖아. 우리 주차장에서 본 적 있다고."

두 사람이 주차장에서 맞닥뜨렸을 때, 박형식은 중국에서 온 정보원인 것처럼 행동했었다.

천용진은 그날의 장면이 기억난다는 것처럼 고개를 끄덕였다.

"여기까지 와 놓고 뭘 멀뚱멀뚱 서 계셔?"

말은 그렇게 하면서도 박형식은 들어오라는 식의 권유 따

월 하지 않았다.

"당신은 나한테 뭘 줄 수 있지?"

"그 먼 길을 뭐 받을 생각에 오신 거예요?"

천용진의 물음을 박형식이 받아쳤다.

"소파에 앉기도 전에 패부터 까자는 거 보니께, 마음이 영 급해 보이셔요."

"후우! 이젠 살다 살다 건달에게까지 모욕을 당하는구만."

"더 살고 싶어서 오신 분이 뭔 사는 타령을 그렇게 하시나. 적당히 했다 싶으면 얼른 들어오셔요."

박형식의 말에 천용진은 쓴웃음을 흘리며 안으로 걸음을 옮겼다.

소파 뒤에서 박형식의 드리블을 감상하던 김필중은 감탄, 또 감탄이었다.

"우리 형식이 마이 컸네."

"크긴 뭘 커요. 딱 봐도 저 아저씨가 영 허접하게 생겼구만."

"뭔 소리래? 저 양반이 넥씨 부사장인 거 몰러?"

"엥?"

권경우가 고개를 갸웃하는 동안, 박형식과 천용진이 소파로 다가왔다.

"경우야, 뭐 허냐? 형식이 일허는디 커피 안 내오고."

"막내가 일하는데 왜 내가 커피를……."

"어허!"

김필중과 권경우가 자리를 비켜 주어서, 박형식과 천용진은 소파에 앉아 서로를 마주 보았다.

사무실까지 찾아올 만큼 급한 쪽은 천용진이었다.

"난 하오에게 보호를 받고 싶다. 내가 원하는 건 그것뿐이야."

"하여간 겁 진짜 많아. 그건 알았으니까, 내가 묻는 말에 대답이나 합시다. 그래야 하오 형님에게 부탁을 드리든 할 거 아뇨?"

"네가 하오와 연관이 있다고 어떻게 믿지?"

"주차장에서 본 거 기억난다면서, 왜 인제 와서 딴소리여? 내가 정보원쯤 되니까 당신 뒤 캐고 다녔지, 아니면 미쳤다고 아저씨 따라다녔겠어?"

박형식의 말에 천용진은 아무런 대꾸도 하지 않았다.

"우리 갈 길이 구만리니까, 일단 내가 묻는 말에 대답부터 합시다. 내가 궁금한 건 코드야, 코드. 가로쉬에 박혀 있다는 그 코드. 설마 모른다고 하진 않을 거잖아?"

"난 잘 몰라."

"에이, 이 양반이!"

박형식이 쩌렁쩌렁 목소리를 높일 때, 권경우가 후다닥 다가와 종이컵 두 개를 각 사람 앞에 놓아 주었다.

"강창모 선생을 가로쉬에 소개한 거 당신이잖아?"

느닷없는 질문이었는데 천용진은 당황하지 않는 눈치였다.

"그게 왜? 내가 뭐 잘못했나?"

"아니지. 당신은 유창식에게 소개만 해 줬고, 나쁜 짓은 그놈이 다 했으니까."

꿀꺽!

천용진은 표정을 숨기려 했지만 거칠게 움직이는 목울대는 숨길 수가 없었다.

"당신은 소개만 해 주고 빠졌잖아. 유창식이가 강창모 선생을 배신해서 게임을 빼 간 거고. 그 뒤로 유창식이는 중국으로 넘어가 류샹이란 이름 달고 승승장구했더구만."

"당신이 그걸 어떻게 알아?"

"어허! 괜히 버티면 그쪽만 피곤해져요. 내가 중국 삼합회 친구들하고 인연이 있어서 그쪽 사정 빤하거덩. 거기 애들이 인공지능 타령할 때마다 그쪽 이름 꼬박 나오던데, 뭘!"

천용진의 두 눈이 흔들리는 기회를 박형식은 놓치지 않았다.

"들은 걸 말해 볼까? 강창모 선생을 소개해 준 인연으로 류샹은 천용진을 넥씨에 꽤 비중 있는 역할로 꽂아 줍니다. 주식도 밀어줘서 위치도 공고히 해 주고."

"그건……."

"우리 강창모 선생님은 게임을 만들 때 없는 게 생기면 그냥 만들어서 쓰시는 분이라던데? 가로쉬는 아예 이야기부터 설정까지 통째로 만드셨고. 그 뭐냐, 툴? 하여간 그것도 표준이 되는 거로다가 뚝딱 하나 만드셨잖아?"

 존댓말과 반말을 자유롭게 넘나들던 박형식이 다시 말을 이었다.

"근데 좀 이상한 게 있어. 가로쉬 기획서에 인공지능 NPC에 대한 이야기가 나오는데, 강 선생님 성격이면 그거 만들고도 남을 분이라고 하더란 말이야."

"무슨 말을 하려고 이래?"

"에이, 그러지 말고 인공지능에 대해서 아는 거 있으면 아는 대로 털어놓읍시다."

"내가 왜 그래야 되지?"

"안 그러면 삼합회가 나설 테니까."

"삼합회가?"

 천용진의 물음에,

"그래, 삼합회! 인기 좋던데, 뭐."

 박형식은 시원하게 대꾸를 해 주었다.

 꿀꺽!

 천용진은 크게 떨리는 목울대와 함께 다시 물었다.

"인기가 좋다구요? 내 이름이?"

"그렇다니까! 인공지능이 어떻게 넘어갔는지만 알게 된다면 당신은 그때부터 죽은 목숨이 되는 거지. 살 방법이 궁금해? 그렇다면 지금 내게 다 털어놔 봐."

 박형식은 자신만만했다.

권경우가 놀란 눈으로 힐끔 돌린 시선 앞에서 김필중은 뿌듯한 얼굴이었고, 천용진은 아예 죽은 사람처럼 하얀 낯빛을 하고 있었다.

렙업하는 마왕님

 브룩은 알리베이 홈페이지를 확인하는 중이었다.
 클릭과 동시에 상품 설명이 떠올랐다. 해킹은커녕 최적화된 속도였다.
 혹시나 하는 마음에 브룩은 휴대폰까지 꺼내 들었는데, 애석하게도 모바일 페이지는 더 빠른 것 같았다.
 브룩은 책상 너머에 서 있는 레넌을 바라보았다.
 그는 입을 굳게 다문 채로 브룩의 행동이 끝나기만을 기다리는 눈치였다.
 "알리베이 홈페이지가 오히려 더 좋아진 느낌인데요?"
 "죄송합니다."
 레넌은 그제야 허리를 숙여 사죄의 뜻을 전했다.

"당신도 실수를 할 때가 있군요. 괜찮습니다. 화가 나기보다 오히려 신기할 따름입니다."

"죄송합니다."

거듭 사과의 말을 한 뒤에야 레넌은 겨우 고개를 들었다.

"무슨 일이 있었던 겁니까?"

"악성 코드가 넘어왔습니다."

"해킹을 시도한 건 우린데, 악성 코드가 넘어왔다구요? 알리베이가 역으로 공격이라도 해 왔단 말입니까?"

"악성 코드의 출처는 알리베이가 아니었습니다."

브룩은 황당하단 표정으로 레넌을 바라보았다.

"그럼 알리베이가 외부 세력이라도 동원했다는 말이에요?"

"일반적인 상황과는 전혀 다른 방향에서 문제가 발생했습니다. 중요한 일이다 보니 차근차근 설명해 드리겠습니다."

브룩은 여전히 이해가 안 된다는 표정이었지만 레넌의 답을 기다려 주었다.

"결론부터 말씀드리자면 이번 악성 코드는 가로쉬의 오염된 소스가 알파런의 메시지를 통해 전달된 것으로 판단하고 있습니다."

"알파런이요? 갑자기 여기서 알파런이 왜 나옵니까?"

"저도 그게 당혹스러웠습니다. 혹시 가로쉬에 투입된 알파런이 메시지를 보내왔다고 보고드린 일을 기억하십니까?"

"황금 상자와 어둠의 나라를 얘기했던 그때요?"

"예. 그 메시지에 악성 코드가 섞여 들어왔습니다."

"하아!"

브룩은 황당하다는 얼굴로 한숨을 내뱉고는 이내 말을 이었다.

"그때 방화벽은 뭘 하고 있었습니까? 악성 코드쯤이야 당연히 걸러 냈어야 맞는 거 아니에요?"

"방화벽은 정상적으로 작동했습니다."

"근데 못 막았다고요?"

"넘어올 때만 해도 정상적인 것이, 디퍼의 데이터와 섞이자 바로 악성 코드로 돌변했습니다."

"하!"

"미스터 강이 짠 코드는 어느 곳이든 전파될 시에 오류를 퍼뜨리도록 설계된 거 같습니다."

"십 수 년 전에 만들어 둔 게, 첨단 방화벽을 뚫고 문제를 일으킨단 말입니까?"

"애석하게도 그렇게 됐습니다."

강창모가 수석 개발자로 있었다면 디퍼는 얼마나 무시무시한 회사가 되었을까?

엉뚱한 상상을 하던 브룩이 다시 시선을 들어 레넌을 쳐다보았다.

"그럼 알리베이의 해킹을 중단한 것도 그 악성 코드 때문이라는 거군요?"

"예. 해킹보다는 내부의 문제를 수습하는 게 더 중요하다고 판단했습니다."

"그럼 그 문제는 잘 처리됐습니까?"

"넘어온 데이터가 워낙 소량이다 보니, 현재 완벽하게 잡아낸 것으로 확인했습니다."

"그럼 앞으로는 알파런이 보내는 메시지를 수신할 수 없는 건가요?"

"아무래도 그편이 가장 안전할 거 같습니다."

레넌의 답과 달리 브룩의 눈이 가늘어졌다.

방화벽이 뚫렸다고 말했을 때보다 심각한 표정으로 그는 레넌을 바라보았다.

"난 미스터 강이 남긴 그 금색 상자의 코드 방식을 알아야겠습니다. 만약 상자를 정상적으로 처리한 뒤에도 그가 영향력을 행사한다면 우리는 계속 약점을 잡혀 움직여야 합니다. 그렇지 않습니까?"

"그건……. 죄송합니다. 거기까지 생각하지 못했습니다."

"알파런을 이용할 방법을 강구해 보세요. 그래서 금색 상자를 어떻게 만들었는지, 그걸 만든 코드는 어떤 것인지, 마지막으로 그 상자를 해결한 뒤에 어떤 형태로 소멸되는지를 정확하게 분석하세요."

"그렇게 하겠습니다."

"이번만큼은 실수가 없었으면 합니다."

"어떻게든 만족하실 만한 결과를 만들어 내겠습니다."

레넌은 등을 떠밀린 것처럼 황급히 방을 빠져나갔다.

문이 닫힌 것까지 확인한 브룩은 천천히 모니터로 시선을 옮겼다.

황당한 일이다. 눈앞의 모니터가 꼭 코드를 담은 금색 상자처럼 보인 건 말이다.

"흐음."

그는 잡생각을 떨치려는 듯 얼른 창가 쪽으로 고개를 돌렸다.

♪

거센 바람에 유리창이 앓는 소리를 냈다.

녹슨 창틀이 이제 할 만큼 견뎠으니 그만 보내 달라고 악을 써 댔지만, 김필중은 애써 고개를 돌렸다.

"경우야, 잘 봐 둬라잉. 저게 형식이표 드리블이여."

"뭘 봐 둬요. 막내가 용쓰면 등이나 다독여 주는 게 형의 역할이지."

두 사람이 애먼 소리를 하는 동안에도 박형식의 눈은 천용진에게 고정되어 있었다.

천용진은 목이 타는지 종이컵을 들여다보았다.

김필중이 옆구리를 쿡 찌르자, 권경우는 500밀리짜리 생수 한 병을 천용진 앞에 놓아 주었.

"감사합니다."

속없이 인사를 한 천용진은 물을 벌컥벌컥 들이켰다.

'저 유리는 좀 치우면 안 되나?'

소파 테이블 위엔 두꺼운 유리가 얹어져 있었다.

여기저기 깨져 버린 걸 박스 테이프로 대충 수습만 해 둔 모양새였다.

천용진은 그 누더기 같은 유리가 꼭 자기 신세처럼 느껴져서 자꾸 신경이 쓰였다.

"삼합회가 내 이름을 거론한다고?"

"이름이야 곧잘 나왔지!"

"아까는 안심해도 된다고 했었잖아?"

"이 양반이 자기 유리한 건 기가 막히게 기억허네! 거기 놈들이 인공지능 타령하면서 그쪽 애길 자주 하더라고. 그때 내가 눈치깠지. 인공지능은 천용진! 내가 장담허는디 삼합회한테 오늘 잡혀가도 그쪽은 대접 받어. 며칠은 그럴 거야."

그때 듣고 있던 김필중이 스윽 끼어들었다.

"며칠만 사는 건 좀 그렇잖어? 아는 거 다 말하고 협조적으로 굴면 풀어 줄 확률은 없는 겨?"

"형님, 삼합회 애들이 또 풀어 주는 경우는 극히 드뭅니다. 땅덩어리가 워낙 넓어서 그런가, 그쪽 습성이 일단 잡으면 묻을 생각부터 하더라구요."

"그려? 그러면 아무리 아는 게 많아도 이용만 당하다 죽는 겨? 그건 너무 슬프잖여!"

"형님! 거기서 딜을 해야죠."

"아! 그래도 딜을 하면 살 수 있는 겨?"

"태생적으로 땅을 싫어하는 사람들이 있지 않습니까? 나는 묻지 말고 그냥 깔끔하게 보내 줘라, 요런 딜 같은 거는 심심치 않게 받아 주는 거 같던데요?"

거기까지 말했을 때 천용진의 두 눈이 미친 듯이 흔들렸다.

"그거 말고는 딜 없는 겨? 아니, 톡 까놓고 말해서 막 소름 끼치는 정보도 있을 거 아녀? 이거 안 듣고는 못 배긴다, 그런 정보도 있잖여!"

"그 정도 되면 고문을 합니다요."

"응?"

"너무 듣고 싶으니까, 조금이라도 빨리 들을라고 고문을 합니다, 걔들은."

"스타일이 그려?"

"그럼요! 형님, 더구나 거기 애들은 그런 게 있습니다. 땅덩어리 넓고, 사람까지 많아 가지고, '안 불어? 그럼 그냥 뒈져, 인마. 너 말고 딴 놈 없겄냐.' 뭐 그런 깡다구, 배짱, 호연지기 같은 게 있더라고요."

거기까지 말한 김필중과 박형식이 동시에 천용진을 돌아보았다. 그게 꼭 당신은 얼마 못 살 거라고 퍼붓는 저주 같은 느낌이었다.

무슨 말인지 일단 들어 보죠 • 167

"근디, 형식이는 삼합회한테 잡혀가 놓구 워떻게 풀려난겨?"

시치미 뚝 떼고 던진 김필중의 질문을 천용진의 빛나는 두 눈이 덥석 물고 말았다.

"저는 워낙 특이한 케이스라 일반적으로는 적용이 안 된다고 봐야 합니다."

"그려? 그럼 그건 논외로 혀야 되는 건가?"

그렇게 두 사람은 입을 다물었다.

의도된 침묵이 낚싯바늘처럼 수초 사이에 던져진 다음이었다. 잠자코 듣고만 있던 천용진이 산란철 붕어처럼 미끼를 쏙 물었다.

김필중은 천용진의 불안한 눈빛과 떨리는 입 끝을 분명히 보았다.

이제 잡아채기만 하면 된다.

'우리 형식이 마이 컸네!'

'형님 밑에서 내공을 쌓은 덕분 아니겠습니까?'

눈으로 대화를 주고받은 두 사람은 마지막 기회를 위해 입을 열었다.

"형식아, 그래도 삼합회한테 잡혀 있었던 네가 어떻게 풀려났는지는 들어 봐야 되지 않겠어?"

"제 생각이 짧았습니다. 얼른 말씀드리겠습니다."

"그려, 말혀 봐."

"저는 하오 형님이 직접 풀어 달라고 연락을 주셨습니다."
당연하게도 천용진의 눈에 한 꺼풀 희망이 흘렀다.
"근디 하오 형님이 왜 풀어 주라고 전화까지 하신 겨?"
"제가 강철 형님 위해 일허다 삼합회 놈덜한테 잡힌 거 아니겠습니까? 그런데 또 강철 형님 성격이 한번 품은 사람은 절대 놓지 않으시는 게 아닙니까? 그저 강철 형님이 풀어 줘라 하니께 하오 형님이 움직이셨고, 저는 자동빵으로 풀려난 겁니다."
천용진도 강철과 하오의 관계를 똑똑히 확인했다. 그래서 박형식의 말을 믿을 수밖에 없었다.
꿀꺽!
천용진의 목울대가 사정없이 움직였다.
애써 표정을 수습한 그는 소파 테이블 위에 놓인 누더기 꼴의 유리로 시선을 돌렸다.
'염병할! 부서지고 깨져도, 박스 테이프로 붙여다가 수습하며 사는 게 인생이다! 끝날 때까진 끝난 게 아니다!'
희망을 보았다고 여긴 탓일까.
"나한테 묻고 싶은 게 뭐라고 했었지?"
천용진이 각오한 얼굴로 입을 열었다.

༄

강철은 하오의 전화가 끝나기를 기다렸다.

저 인간, 내리 다섯 통은 했을 거다.

'전화하는 거 들으라더니, 일부러 더 하는 거 아니야?'

의심도 한번 해 줬다.

통화가 거듭될수록 하오의 표정이 밝아진 까닭에 그 정도 생각이야 기분 좋게 할 수 있었다.

지이잉! 지이잉!

진동이 울려서 당연히 하오의 휴대폰인 줄 알았다.

그런데 밀려드는 진동이 얼른 정신을 차리라고 강철의 허벅지를 흔들고 있었다.

강철은 일단 전화기를 꺼내 들었다.

발신자는 김필중이었다.

"뭔 일이야?"

(부라더, 잠깐 시간 좀 돼?)

"훈련해야 돼."

(에이! 그러지 말고 잠깐만 시간 좀 내주는 게 어뗘? 아버님에 관해 할 말이 있는 겨!)

전화를 끊으려던 강철은 고개를 갸웃하며 입을 열었다.

"아빠 얘기? 갑자기 그게 무슨 소리야?"

(형식이가 한 건 한 거여.)

"뭔데 한 건을 해?"

(아버님 관한 걸 내가 허투루 말하겄어? 안 그래도 지금

택시 잡고 넥씨로 출발하는 참인 겨.)

아빠에 관한 이야기를 어찌 그냥 넘길 수 있겠나.

작게 한숨을 내쉰 강철은 말을 받았다.

"알았으니까, 근처에 와서 연락해."

그렇게 통화는 끝났다.

신나게 전화를 하던 하오도 더는 연결할 곳이 없는 모양이었다.

"무슨 일이야?"

"밥 먹었던 친구들이 또 보자고 해서."

"그럼 밥이나 같이 먹을까?"

"사이트가 공격받았다면서 밥이 넘어가냐?"

"깔끔하게 뒤처리 다 했으니까!"

하오가 피식 웃으며 던진 말이었다.

"녀석들 올 때까지 30분쯤 걸릴 거 같다니까, 나는 내 방에 가 있을게."

"그래. 끝나면 연락해. 밥이나 먹자구."

아빠 이야기라는 말은 굳이 꺼내지 않았다.

숨길 마음이야 없지만, 묻지도 않았는데 먼저 말할 만큼 가벼운 것도 아니라서 그랬다.

강철은 방으로 돌아와 캡슐에 기대앉았다.

얼마나 대단한 이야기를 하려고, 프로모션 준비하는 걸 뻔히 알면서도 굳이 만나자고까지 한 걸까?

요즘은 방해되지 않겠다고 어지간히도 애를 쓰던 김필중인데.

이런저런 생각을 꽤나 이어 갈 무렵이었다.

똑똑똑!

"예!"

강철의 대꾸에 문이 열렸는데, 뜻밖에도 김필중이 서 있었다.

"뭐야? 여긴 어떻게 알고 왔어?"

그 옆으로 박형식도 보였다.

이런 것도 정보력으로 찾았나 싶은 생각이 들 때, 생각지도 못한 얼굴이 불쑥 튀어나왔다.

천용진이었다.

"저 양반이 여기 위치를 정확하게 알더라고. 그래서 부라더 귀찮게 할 거 없이 알아서 찾아온 겨."

뭐야, 이 조합은?

강철의 눈이 천용진에게 고정돼 있는 동안, 권경우와 박형식이 함께 허리를 꺾으며 인사했다.

그런 뒤에 조심스레 고개를 든 박형식이 가만히 말을 건네 왔다.

"제가 중국에 있을 때 강창모 선생님과 인공지능에 대한 이야기를 들었습니다. 거기에 대해 증언을 해 줄 사람이 필요했는데, 이야기가 잘 풀려서 일단 데리고 왔습니다."

"누가 이야길 한다고?"

"흠! 제가 그 점에 대해 드릴 말씀이 있습니다."

강철의 물음에 천용진이 조심스레 고개를 내밀었다.

"넥씨를 배신했다고 하지 않았나요? 제가 그런 분의 이야기를 어떻게 믿죠?"

"믿지 않으셔도 무방합니다. 하지만 이미 김택수 의장에게 모든 걸 털어놓았고, 차명주식까지 강철 씨에게 모두 넘기기로 했는데 제게 다른 생각이 있겠습니까?"

뭐를 털어놓고, 뭐를 넘겨?

강철의 표정을 본 천용진이 급하게 입을 열었다.

"일단 들어는 보시는 게 어떻겠습니까?"

"후우!"

강철이 작게 한숨을 내쉴 때였다.

"부라더! 우리가 초벌로 듣고 왔는디, 보통 이야기가 아녀!"

뒤편에 서 있던 김필중의 표정이 제법 진지해서 강철은 고개를 끄덕였다.

"우선 앉으세요. 무슨 말인지 일단 들어 보죠."

누가 뭐래도 아빠 이야기를 그냥 넘길 수는 없었다.

강철과 천용진이 서로 마주 앉았다. 그 옆으로 김필중과 박형식이 서서 대화하는 모습을 지켜보는 형태였다.

대충 세팅이 완료됐다고 여긴 걸까. 천용진이 무거운 목소리로 입을 열었다.

"창모 형은 한국대 두 학번 선배입니다. 그때부터 봐 왔고, 기술에 대한 얘기도 많이 나눴습니다. 그 시절 기획했던 기술이 도용당한 거 같습니다. 그걸 말씀드리려고 찾아왔습니다."

"도용이요? 그런 게 가로쉬 말고 또 있다구요?"

"애석하게도 그렇습니다. 디퍼가 선배의 초기 코드를 무단으로 사용한 게 확실한 것 같습니다."

디퍼라면 세계 최고의 기업이다.

강철도 검색할 일 있으면 가장 먼저 디퍼 사이트부터 켤 정도니 말 다 했다.

그런 굴지의 기업이 아빠의 기술을 도용했다고?

솔직히 선뜻 믿기지가 않았다.

"확실한 증거가 있나요?"

"물론입니다."

천용진뿐 아니라, 김필중과 박형식까지 세상 자신 있는 표정이었다.

"혹시 디퍼가 악성 코드로 곤욕을 치른 일을 아십니까?"

"잘 모르겠는데요."

"IT업계 종사자가 아니면 큰 뉴스가 아닐 수도 있습니다. 서버가 흔들린 지 1분도 안 돼서 오류를 바로잡았으니, 사용자에게 큰 불편도 없었을 거구요."

"그게 왜요?"

"믿기지 않으시겠지만 디퍼의 서버가 흔들린 게, 선배의 기술을 도용했다는 명백한 증거입니다."

셜록 홈즈도 이 정도 정보로는 추리를 못할 거다.

강철은 추가적인 설명을 바란다는 얼굴로 천용진을 바라보았다.

"선배가 짠 코드는 동종의 코드를 만나면 저절로 오류를 불러일으키도록 프로그래밍이 돼 있습니다. 가로쉬의 데이터가 어둠의 나라에 들어갔을 때 에러가 발생하는 게 바로 그 이유입니다."

천용진은 강철이 잘 이해하고 있는지 조심스레 눈치를 살피다 말을 이었다.

"제가 가로쉬에 강철 씨 데이터를 넘겼습니다. 강철 씨를 모델로 한 NPC를 만들라고 그랬습니다. 명백한 배신입니다. 그 점은 깊이 사과드립니다."

그는 이 대목에서 잠시 말을 끊고는 자리에서 일어나 고개를 숙였다. 사과를 받기 위한 자리도 아니라서, 강철은 적당히 고개를 저어야 했다.

"가로쉬의 기술만으로는 NPC를 제작할 수 없었습니다.

그래서 디퍼에 손을 내밀게 된 거지요. 아마 그 과정에서 가로쉬의 데이터가 디퍼로 넘어갔고, 동종의 코드를 공격하는 특성 때문에 디퍼에 악성 코드가 생겨난 거 같습니다."

"그냥 내부적인 문제가 생긴 걸 수도 있잖아요? 그게 꼭 도용의 증거는 될 수 없는 거 아니에요?"

"디퍼는 4중, 5중으로 안전장치를 해 놓습니다. 애초에 악성 코드가 생겨날 수 없도록 설계를 해 두는 겁니다. 그런데도 기어코 엔진이 흔들렸다는 건, 기초가 되는 코드에 문제가 생겼다는 뜻입니다."

강철 혼자 판단하기에는 너무 전문적인 내용이 분명했다. 더군다나 넥씨를 배신했던 사람의 말이기도 해서 단박에 믿기 애매한 부분도 있었다.

"그 얘길 송재균 개발자님에게 확인받을 수 있어요?"

"물론입니다."

젠장! 자신감은 죽여줬다.

강철은 즉시 송재균에게 전화를 걸었다.

(강철 씨, 무슨 일이시죠?)

"천용진 부사장이랑 함께 있는데요."

(예? 천용진이요?)

"예. 디퍼가 우리 아버지 기술을 도용했다고 주장하는 중인데, 저는 이해하기가 너무 어려워서요. 괜찮으시면 그 내용이 맞나 확인 좀 해 주실 수 있으세요?"

(제가 지금 달려가겠습니다.)

"아뇨, 그러실 필요까진 없구요. 괜찮으시면 통화해 보시겠어요?"

(예. 바꿔 주십시오.)

강철은 천용진에게 휴대폰을 넘겨주었다.

이미 한 번 배신한 입장에서 송재균과 통화를 하는 건 곤욕스러운 일일지 모른다. 그런데도 저렇게 선뜻 전화기를 건네받는 거 보면 천용진도 절박한 게 분명해 보였다.

생각보다 통화는 오래 이어졌다. 송재균이 묻고 천용진이 답을 하는 식이었는데, 강철에게 설명을 할 때와 달리 전문적인 용어들이 계속해서 튀어나왔다.

'부라더! 이번 건은 제대로 물어 온 겨!'

'큰형님! 제 촉에 천용진이라는 전문가까정 붙었으니, 결과는 안 봐도 비디오입니다!'

김필중과 박형식이 부담스러운 각오를 눈으로 쏟아 낸 다음이었다.

"통화 마쳤습니다."

천용진이 다시 휴대폰을 돌려주었다.

통화 시간을 보니 10분에서 아직도 초 단위가 올라가는 중이었다.

"개발자님, 어떠세요?"

(천용진의 말을 듣는다는 사실 자체에 거부감이 드는 건

사실입니다. 하지만 모든 편견을 배제하고 기술적인 부분만 말씀드리겠습니다. 디퍼는 절대 악성 코드가 발생할 수 없는 구조로 설계된 게 맞습니다. 그런데도 1분간 서버가 흔들렸다는 건 코드에 말썽이 생겼다는 게 분명하고, 그게 동종 코드의 공격 때문이란 설명도 신빙성이 높습니다.)

"그럼 아버지 기술이 도용됐다는 게 사실인 거예요?"

강철은 질문을 던지고도 아차 싶었다.

송재균의 입장에선 너무 부담스러운 질문일 거 같다는 생각 때문이었다.

(그것만으로 정확한 판단을 내리기는 어렵습니다. 다만 초기 코드를 공개하지 않기로 유명한 디퍼의 특성상, 의심해 볼 만한 여지는 있는 거 같습니다.)

전화 한 통으로 도용이라고 판결 내리는 게 더 우스운 일인지 모른다.

"개발자님, 바쁘실 텐데 수고해 주셔서 감사해요."

(아닙니다. 강철 씨를 도울 수 있는 일이라면 언제고 말씀해 주십시오.)

통화가 끝난 뒤, 강철은 제일 먼저 김필중을 바라보았다.

"그래서 나한테 하고 싶은 말이 뭐야?"

"강 선생님 권리는 일단 찾고 보자는 게 내 주의여!"

"소송이라도 걸자고?"

"필요하문 혀 보자는 게 내 생각이여!"

"심증이 있다는 건 인정. 근데 소송은 명확한 증거가 필요한 거 아냐?"

"그니께 이제 나랑 형식이가 미국 넘어가서 증거를 찾아볼라구……."

"날 위해 중국까지 넘어가서 힘써 준 건 고맙게 생각해. 하지만 가로쉬를 상대로도 삼합회에 붙들려 있던 실력으로 디퍼에 넘어가서 증거를 찾아온다고?"

무시하려는 게 아니다.

이 정도 사이즈면 정말 목숨 걸어야 될 수준인 거 같아서, 확실히 해 두고 싶었을 뿐이다.

강철의 답이 매서웠던지 김필중과 박형식 모두 고개를 숙일 뿐 별 대꾸는 하지 못했다.

풀 죽어 있는 꼴이 안돼 보이긴 했다만, 미국 깡패한테 잡혀 있는 꼴보다야 백번 나은 거 아닌가.

강철은 고개를 돌려 천용진을 바라보았다.

그는 어떻게든 강철의 시선을 붙들고자 나름 절박한 눈빛을 쏘아 대는 중이었다.

하지만 그까짓 수작에 흔들릴 강철이었으면 여기까지 오지도 못했다.

"우리 냉정해져 보자고요."

"아, 예."

"그쪽이 넥씨를 배신하고 오갈 데 없는 상황이란 건 대충 알겠어요. 나한테 도움을 줘서 어떻게든 기회를 잡아 보려는 노력도 존중해요. 근데 그렇다고 내가 그 장단에 맞춰 춤을 출 필요는 없는 거잖아요?"

"디퍼의 초기 코드만 구할 수 있다면 소송에서 승리할 수 있습니다."

"그걸 구하기 위해 저 두 건달이 디퍼에 잠입하라구요? 아니면 '이번 거는 확실하니까 하오, 알리베이의 사활을 걸고 디퍼랑 맞짱 한번 떠 보자' 또 손을 벌리라는 거예요?"

"그건……."

이건 강철의 문제다.

강철 본인한테야 아빠의 일이 가장 중요하다지만, 그 일을 위해 누군가가 위험에 내몰려선 안 되는 거다.

복수도 좋고, 권리를 되찾는 일 다 좋다.

하지만 그건 스스로 해내야지, 누군가에게 의존해선 답이 안 나오는 문제다.

애타게 매달리는 천용진의 시선을 과감히 뿌리친 강철이 김필중을 돌아보았다.

"더 정확한 증거가 나올 때까지, 이 이야긴 꺼내지 말고."

"그려. 부라더 표정 보니께, 내가 욕심을 좀 낸 거 같긴 혀."

원래는 밥이나 같이 먹으려고 했었다.

하지만 오늘 같은 날 같이 시간을 보냈다간, 저 인간들 욕심을 못 버릴지 모를 일이다.

이럴 땐 딱 끊는 게 맞다.

"오늘은 이만 돌아가. 그리고 이렇게 심증만으로 일을 벌이지는 마. 내가 아는 김필중은 심증만 가지고 일을 벌이는 사람은 아닌 줄 알았는데?"

강철은 김필중의 대꾸를 들을 새도 없이 먼저 자리에서 일어났다.

⚜

디퍼의 포비든은 간만에 회사에 출근했다. 딱 석 달 만이었다.

버튼 하나 있는 정장에 불편한 넥타이까지 감수하는 건 아버지인 브룩을 만나야 하기 때문이었다.

과연 브룩은 포비든의 위아래부터 훑었다.

"빌어먹을 후드가 없으니까, 얼마나 좋으냐?"

"무슨 일이세요?"

"궁금한 게 있어서 불렀다."

저 물음에 대꾸하기 위해 몇 시간을 달려와야 했다. 포비든의 표정이 좋을 수 없는 건 그 때문이었다.

"오늘, 네 앞에 최고의 기술자가 나타났다고 가정해 봐라. 넌 그 인간의 기술을 미친 듯이 갖고 싶다. 넌 어떻게 하겠냐."

"뺏습니다."

"돈을 주고 살 수가 있는데도?"

"그건 구매자지, 개발자가 아니잖습니까?"

"너에게도 개발자라는 타이틀이 무슨 의미를 갖는 게냐?"

"구매자와 개발자 사이에서 고르라면 개발자가 낫다는 생각입니다."

브룩은 포비든의 답에 흥미를 느끼기 시작했다.

"자세히 설명해 봐라."

"흔히들 명예는 돈을 주고도 사지 못한다고 하지 않습니까? 동의합니다. 명예는 사는 게 아닙니다. 뺏는 거지요."

"네가 원하는 것이 내 명예라면?"

거침없이 대꾸하던 포비든도 이 대목에서는 잠시 멈칫했다.

"…듣기 좋은 말씀을 못 드릴 것 같습니다."

"역시 피는 못 속이는구나."

"칭찬입니까?"

브룩은 대답 대신 알 수 없는 미소만 지어 보였다.

방을 나선 포비든의 표정은 결코 좋지 못했다.

"이따위 대화를 하자고 바쁜 사람을 불렀다니."

하지만 브룩이 들러붙다시피 질문을 던진 거 보면 성과가 아예 없는 건 아니었다.

어쨌거나 브룩의 마음에 들어야 이 회사를 온전히 물려받는다는 사실만큼은 변함이 없으니 말이다.

"레넌? 내 집무실로 와요."

휴대폰에 대고 한 말인데, 코너를 돌자 이미 문 앞에서 대기 중인 레넌이 보였다.

"이사님, 오랜만에 뵙습니다."

"저번에도 봤는데요, 뭐."

의미 없는 대화가 몇 번쯤 오간 뒤였다.

포비든과 레넌은 키가 작은 테이블을 사이에 두고 서로 마주 앉았다.

"오늘 아버지가 이상한 질문을 하시던데요."

"그러셨습니까?"

"쓸모없는 말씀 안 하는 분이잖아요. 또 무슨 일이죠?"

레넌은 브룩의 오른팔이지만 포비든의 심복이기도 했다. 그건 브룩이나 포비든 서로 아는 사항이었다.

"인공지능의 초기 코드를 제공한 사람이 있었습니다. 아, 정확히 말씀드리면 제공한 건 아니지요. 우리가 뺏다시피 했으니까요."

"아, 그래서 그런 질문을 했나 보네."

"뭐라고 답하셨습니까?"

레넌은 질문의 내용쯤 이미 안다는 것처럼 질문했다. 그래서 대답도 별다른 설명 없이 바로 나왔다.

"뺏겠다고 했는데요?"

"좋아하셨겠네요. 본인도 그러셨으니까요."

"그 양반 선택이야 뻔하죠. 근데 그게 뭐가 문제예요? 당사자가 나타나서 우리 회사라도 내놓으래요?"

"아닙니다. 그 사람은 진작 죽었습니다."

"직접 처리한 거예요?"

포비든이 표정 하나 바꾸지 않고 던진 물음이었다. 그래서 오히려 질문을 받은 레넌이 더 당황스러울 정도였다.

"당치도 않습니다. 자살한 걸로 알고 있습니다."

"그럼 뭐가 문제죠?"

"그에게 아들이 하나 있답니다."

"그 아들이란 사람이 소송이라도 하겠다고 나섰습니까?"

"아직 아무런 움직임도 보이지 않았습니다. 심지어 움직인다 해도 일개 개인이 우리 기업에 영향을 미치기란 사실상 불가능합니다."

"그 정도야 아버지도 모르지 않을 텐데요? 그런데도 저렇게 민감하게 구는 걸 보면 다른 이유가 있다는 거잖아요?"

포비든이 가늘게 뜬 눈으로 던진 물음이었다.

레넌은 이와 똑같은 표정을 브룩에게서도 본 기억이 있었다. 미스터 강의 기술을 떠들던 날 브룩이 꼭 저런 얼굴을 했었다. 그리고 며칠 뒤, 그는 미스터 강의 코드를 들고 돌아왔었다.

"그 아들이란 자가 보통내기는 아닌 모양입니다. 저는 몰랐는데, 꽤 유명인이랍니다."

"내가 알 만한 사람이에요?"

"너무 잘 아실 겁니다."

"누군데요?"

"마왕이랍니다."

"그게 뭐죠?"

되물었던 포비든이 '혹시' 하는 얼굴로 고개를 갸웃했다.

"어둠의 나라, 마왕이요?"

"예, 맞습니다."

"하!"

포비든은 어처구니가 없다는 듯 이내 웃음을 터뜨렸다.

"이건 뭐, 운명의 장난도 아니고. 큭큭!"

혼자 키득대던 포비든이 눈을 빛내며 고개를 들었다.

"마왕이 유명해졌다고는 해도, 우리 디퍼의 상대가 되는 건 아니잖아요? 아버지가 그걸 두려워한다구요?"

"그의 뒤에는 알리베이가 있습니다."

"하오요? 그래 봤자 쇼핑 사이트가 고작인 놈이잖아요. 기술력은 눈곱만큼도 없이, 인구수만 믿고 세나 불린 놈이 뭐가 두렵다는 건지."

"마왕 개인일 때보다 신경이 쓰이는 건 사실이니까요."

"아무튼 재미있게 됐네요. 프로모션이 끝나면 그 두 놈이

무슨 말인지 일단 들어 보죠 • 185

세트로 내 앞에 머리를 숙인다는 거잖아요? 이건 뭐, 누가 짜도 이렇게 못 만들겠네."

레넌은 별다른 대꾸 없이 포비든을 바라보았다. 그의 얼굴엔 아버지 브룩을 꼭 닮은 미소가 걸려 있었다.

제7장

뭐 해? 빨리 준비들 하지 않고

렙업하는 마왕님

뻥 뚫린 창으로 오후의 햇살이 쏟아져 들어왔다.

강철은 블라인드를 슬쩍 쳐다보았지만, 딱히 움직이진 않았다.

이놈 저놈 들어차서 정신없던 방에 강철 혼자 남아 있었다.

고요한 방에 혼자 있는데도 강철의 마음은 복잡하기만 했다.

디퍼다.

검색 포털로 시작해서 인공지능까지 개발한 세계 최고 기업, 그 디퍼 맞다.

그렇게나 대단한 인간들이 아빠의 기술을 훔쳐 갔다고?

아니, 그 말이 사실이라면 그들이 대단해질 수 있던 이유조차 아빠의 코드 때문이라는 말이 된다.

'염병할! 근데 그 코드란 게 뭔지 당최 알 수가 없으니.'

머리가 복잡할 땐 달달한 게 최고다.

강철은 종이컵에 봉지 커피 두 봉을 담아, 정수기의 뜨거운 물까지 부어 줬다.

정신이 번쩍 들 만큼 달콤한 맛이었다.

쩝! 아빠는 대체 어떤 삶을 살았던 걸까? 왜 세상은 아빠의 것을 못 뺏어서 안달이었지?

강철은 창밖을 보며 한 모금 더 커피를 마셔 줬다.

아직 확실한 건 하나도 없는 셈이다. 김필중과 천용진의 말만 듣고 덥석 그걸 믿기도 그랬으니까.

다만 프로모션 상대가 디퍼의 후계자라는 사실이 지독한 우연처럼 느껴지긴 했다.

'어쩐지 내 인생이 술술 풀린다 했다. 비비 꼬여 줘야 강철 인생인 거지.'

강철이 피식 미소를 지은 다음이었다.

똑똑똑!

노크 소리였다.

"예!"

강철의 대꾸에 곧 문이 열렸다. 아까 통화를 했던 송재균인가 싶었는데, 하오와 장린이 안으로 들어섰다.

"친구들은 돌아갔나 봐?"

방 안을 둘러본 하오가 강철에게 시선을 던졌다.

"밥이나 먹고 가지, 왜 이렇게들 빨리 간 거야?"

강철은 대답 대신 종이컵을 가리켰다.

"커피 한 잔 할래?"

"한국 커피 죽여주지."

언제 먹어 봤는지 하오는 직접 두 봉을 뜯어 물까지 받아 왔다. 수저가 따로 있는데도 굳이 빈 봉지로 커피를 휘휘 젓고 있었다.

"그런 건 어디서 배웠어?"

강철이 쓱 던진 물음에 하오는 가벼운 미소와 함께 종이컵을 입에 가져갔다.

"할 말 없어?"

"뭐?"

"박형식이 천용진까지 끌고 왔으면 꽤 중요한 얘기 같은데. 나한테까지 비밀로 하는 거야?"

하오가 툭 던진 말이었다. 강철은 별 대꾸를 하지 않았다.

"굳이 비밀로 하겠다면 더 묻고 싶은 마음은 없어. 하지만 내 도움이 필요한 일인데도 숨기는 거면 난 좀 화가 날 거 같은데?"

"나한테 왜 그렇게까지 하는 거야?"

"이번 프로모션으로 알리베이를 세계 최고의 기업으로 만들어 주겠다며?"

최선을 다해 싸우겠다는 말이 그런 의미로 전달됐다니.
하지만 하오의 표정이 너무 진지해서 뭐라고 토를 달기가 애매했다.
"동생이 그렇게까지 싸우는데, 난 가만히 받아먹기만 하는 형이 되라는 거야? 절실히 도움이 필요할 땐 손을 내밀란 말이야! 뭐든 혼자서 해결하려 들지 말고!"
하오는 친동생을 나무라듯 목청을 드높였다.
"후우."
이런 경험은 처음이라, 강철도 작게 한숨만 내쉴 뿐이었다.
솔직히 하오쯤 되면 강철이 말을 하지 않아도 무슨 이야기가 오갔는지 몇 시간만 투자하면 알아낼 수 있다.
천용진만 꼬셔도 술술 털어놓을 테니, 하오 입장에서야 어려운 일도 아니었다.
그런데도 저렇게 악을 써 대는 이유는 하나다.
어떤 부탁이고 터놓고 할 수 있는, 진짜 형제가 되고 싶다는 거다.
"뭐가 됐든, 도움받아. 손 내밀어도 된다구. 그리고 나중에 성공하면 그때 갚아."
처음이다. 하오가 진짜 형처럼 보인 건.
모든 말들이 고마웠다.
그래서 더 위험에 빠지게 만들기 싫었는데…….
'그런 말 했다가는 아주 날 때리려 들겠지?'

강철은 피식 웃고 말았다.

"나도 아직 어떻게 할지 결정 못했어. 결심하면 그땐 말해 줄게. 됐지?"

하오는 아쉬운 대로 만족한다는 듯 고개를 끄덕였다. 그러고는 식어 버린 봉지 커피를 단숨에 들이켰다.

"해킹당했다면서 한가하게 훈련이나 해도 돼?"

"다 해결했다니까."

둘은 누가 먼저랄 것도 없이 자리에서 일어났다. 경쟁하듯 캡슐로 향하는 두 사람의 얼굴에 비슷한 미소가 떠올라 있었다.

☆

김필중과 박형식, 천용진은 순댓국을 먹는 중이었다.

별다른 성과는 없었지만 김필중은 과감하게 특을 3개나 시켜 줬다.

후루룩!

역시나 2천 원 더 받는 특답게 건더기가 남달랐다.

평소면 손가락 빨며 집에 올 분위기건만, 저돌적으로 식사까지 하고 가는 데는 다 그만한 이유가 있었다.

"형식아, 내 생각이 짧았던 겨."

김필중의 말이 떨어지기 무섭게 박형식은 돌연 숟가락

을 내려놓았다.

"형님의 생각은 넓고 푸른 바다와 같은데, 그걸 짧다고 표현하시니 좀처럼 적응이 안 됩니다."

"아녀! 게임하느라 바쁜 부라더한테 지금 디퍼가 될 말이여? 그거 끝나고 얘기했어도 충분헌 걸, 내가 배려가 부족혔어."

"형님이 그렇다면 그런 줄 알고 한평생 살아왔습니다만, 이번만큼은 반기 좀 들어야겠습니다."

"뭣이?"

"형님께서 큰형님 잘되시기만을 밤낮으로 바라는 걸 제가 똑똑히 아는데, 그런 자책은 좀 과한 부분이 있습니다. 차라리 제가 혼나면 혼났지, 형님이 무슨 잘못이 있으십니까?"

김필중과 박형식의 평범한 대화였는데, 옆에 있는 천용진은 그 얘기만 들어도 체할 거 같은 기분이 들었다.

"형식아, 부라더가 게임에 집중헐 환경을 만드는 디 집중해야 되는 겨. 디퍼는 잠시 잊어. 알겄어?"

"예, 형님! 디퍼란 글자를 머릿속에서 지우겠……."

거기까지 말하던 박형식이 몹시 간절한 눈으로 천용진을 바라봤다.

"형님, 지우기 전에 디퍼에서 검색 하나만 해 봐도 되겠습니까?"

"급한 겨?"

"로또번호 좀 체크를……."

"어제 발표 난 걸 오늘 보는 겨?"

"하룻밤 묵혀 주는 정성이 있어야 당첨도 되지 않겠습니까?"

"후딱 봐!"

김필중의 허락이 떨어지자 박형식은 얼른 휴대폰을 꺼내 디퍼의 검색창을 열었다.

〈로또 당첨 번호〉

검색어를 넣고 입력을 누른 순간이었다.

"응? 여기 인터넷이 안 되나?"

박형식은 곧 고개를 갸웃했다. 그 뒤로도 몇 번쯤 더 검색어를 눌렀으나 결과는 마찬가지였다.

☞

디퍼의 레넌은 평소 브룩의 비서 일을 하지만, 실은 업계에서 손꼽히는 개발자다.

브룩의 호출이 없는 날이면 레넌은 디퍼의 개발실에서 총괄 업무를 병행한다. 송재균이 김택수의 개인 업무를 돕는다고 보면 얼추 비슷할 거였다.

레넌은 현재 개발실에서 업무를 처리 중이었다.

브룩에게 보고할 것을 하나둘 추리던 와중에,

삐이이이이이!

스피커에서 커다란 경고음이 터져 나왔다. 그와 동시에 레넌의 모니터로 빨간 글씨가 떠올랐다.

[코드에 문제가 발생하였습니다.]

"젠장!"

레넌은 벌떡 자리에서 일어났다. 그 순간 기다렸다는 듯이 개발자들의 보고가 쏟아졌다.

"외부의 공격 흔적이 없습니다!"

"자체 발생적인 오류로 확인됩니다."

"문제가 핵심 코드까지 접근하고 있습니다."

알리베이를 공격했을 때, 이와 같은 오류가 생겨났었다. 그때 완벽히 잡았다고 생각했는데!

콰앙!

책상을 거세게 내려친 레넌은 즉시 명령을 토해 냈다.

"일단 메인 서버부터 닫고, 예비 서버로 데이터 분산시켜!"

"지금 오류가 예비 서버들을 잠식해 나가고 있습니다. 당장 검색 서비스 자체가 눈에 띄게 느려질 겁니다."

"다운될 위험은?"

"아직 10퍼센트 미만입니다."

"그럼 바로 진행시켜!"

"알겠습니다."

사방에 소리를 뿜어 댄 레넌은 벌게진 눈으로 모니터를

노려보았다.

⇗

 송재균의 책상엔 디퍼에 관한 자료가 수북이 쌓여 있었다.
 다른 사람도 아니고 강철을 위한 일이다.
 자는 시간을 줄여도 좋으니, 어떤 식으로든 강철에게 도움을 주고 싶었다.
 단순히 받은 게 많아서 그런 건 아니다.
 강철이란 남자가 도대체 어디까지 전진할까 지켜보고 싶은 욕심이 든다는 게 보다 정확할 거였다.
 송재균이 진지한 얼굴로 자료를 비교하던 그때였다.
 지이잉!
 책상 위에 올려놨던 휴대폰이 좌우로 흔들렸다.
 「디퍼 검색 엔진에 이상이 생겼습니다. 전과 달리 5분째 복구되지 않는 상황입니다.」
 개발팀 김백준 팀장의 메시지였다. 송재균은 그에게 디퍼의 상황을 체크해 줄 것을 요청했었다.
 '천하의 디퍼가 한 번도 아니고 두 번씩이나?'
 송재균은 즉시 디퍼에 접속하여 '넥씨'를 검색해 보았다. 과연 김백준의 메시지처럼 검색 결과가 떠오르지 않았다.
 '이건 서버 자체가 흔들리고 있다는 건데?'

송재균은 통화 버튼을 눌렀다. 얼마 지나지 않아 김백준의 목소리가 넘어왔다.

(코드에 문제가 생겼다고 보는 게 맞을 거 같습니다.)

"전 이게, 넥씨가 가로쉬의 공격을 받았을 때와 비슷한 상황으로 파악했습니다."

(어째서 그러시죠?)

동종 코드를 공격하는 특성을 운운하긴 난감한 상황이다.

송재균은 꼭 필요한 말을 꾹 삼킨 채로 입을 열었다.

"자세한 설명은 나중에 드리겠습니다. 다만 이 케이스는 완벽한 해결이란 게 없습니다. 내장된 코드 자체가 스스로 문제를 발생시키는 상황이라 그렇습니다."

(그런 일이 가능하긴 한 겁니까?)

"물론입니다. 팀장님, 일단 제가 드린 말씀을 염두에 두고 디퍼의 대응을 살펴보세요. 우리가 가로쉬 때문에 직면할 문제를 해결하는 데 표본이 될 수도 있습니다."

(그렇게 해 보도록 하겠습니다.)

통화는 그렇게 끝이 났다.

정말 디퍼가 강창모의 초기 코드를 도용했다면 지금과 같은 문제는 끝없이 발생할 수밖에 없다.

해결 방안? 그건 강창모만 알지 않을까.

'강철 씨와 넥씨, 모두를 위해서도 디퍼의 상황은 예의주시해야 할 거 같습니다.'

송재균의 시선이 책상 위에 놓인 서류를 서둘러 훑고 지나갔다.

※

게임이 종료된다는 메시지를 보고 정상인 개발자가 어디 있겠나. 아니, 그런 메시지라도 받아 본 개발자가 정말 몇이나 될까.

리안의 메시지를 받은 후부터 류샹은 거의 넋이 나간 사람처럼 살았다.

띠리리리리! 띠리리리리!

그런 상황이다 보니 바로 옆에서 울리는 전화쯤 모르고 지나친 일이 꽤 됐다.

띠리리리리! 띠리리리리!

연달아 두 번이나 걸려오지 않았다면 이 전화도 받지 못했을 거였다.

"류샹입니다."

(레넌입니다.)

"아, 예! 개발자님!"

(급한 상황입니다. 알파런을 이식하는 과정에서 가로쉬의 데이터가 딸려 온 거 같습니다. 그래서…….)

"예? 이식은 우리가 했는데, 왜 디퍼에 데이터가 넘어갑니까?"

(내 말이 아직 안 끝났잖습니까!)

"죄, 죄송합니다."

류샹이 아는 레넌은 소리를 지를 위인이 아니다.

혹시 디퍼 내에 생긴 문제를 가로쉬에 뒤집어씌우려는 건 아닌가 하는 생각에 류샹은 잔뜩 긴장한 얼굴이 되었다.

(가로쉬의 데이터가 문제를 일으켰습니다. 이게 우리의 분석이니까, 여기에는 의문을 제기하지 마세요.)

레넌의 입장에선 어쩔 수 없는 요구였다.

강창모의 코드를 도용해서 생긴 문제임을 밝힐 수 없으니, 이 정도 선에서 답을 요청할 수밖에 없었다.

하지만 그 사실을 알 길 없는 류샹은 그 모든 말이 의심의 대상이었다.

(가로쉬의 데이터가 어둠의 나라로 넘어간 적 있었을 거 아녜요? 그때 가로쉬가 취했던 조치 같은 거 없습니까?)

"그런 건 없었습니다."

류샹은 본능적으로 말을 아꼈다. 그러면서도 디퍼의 심기를 긁지 않는 선에서 다시 입을 열었다.

"알파런의 이식 과정에서 발생한 문제라면, 알파런에게 직접 해결 방안을 묻는 것이 빠르지 않겠습니까?"

(그러다 악성 코드가 또 넘어올지 모른단 말입니다!)

"그, 그럼 질문을 주십시오. 제가 대신 묻고, 그 답을 디퍼 측에 전달해 드리겠습니다."

그렇게 잠시간의 시간이 흐른 뒤였다.

(가로쉬의 데이터가 디퍼에 오류를 불러일으킬 때 무슨 조치를 취해야 하는지 물어봐 주세요.)

"잠시만 기다려 주십시오."

류샹은 바로 키보드를 두드렸다. 그러자 곧 알파런이 답을 내놓았다.

[리안의 상자를 개봉하십시오.]

[상자를 개봉하려면 리안의 파편이 있어야 합니다.]

[리안의 파편은 어둠의 나라에서 획득하실 수 있습니다.]

"뭐?"

류샹은 너무 황당한 마음에 다시 키보드를 두드렸다. 그러나 똑같은 답이 돌아올 뿐이었다.

(뭐랍니까?)

"리, 리안의 상자를 개봉하라고 했습니다."

(뭐요?)

"리안의 상자는 어둠의 나라에서 획득할 수 있습니다."

(아니, 지금 이 사람이 장난하는 것도 아니고!)

레넌의 고성이 터져 나와서, 류샹은 얼른 수화기에서 귀를 떼어 버렸다.

땅의 촉감이 낯설었다.

접속 종료한 지 얼마 되지도 않았다.

그런데도 스피츠의 아공간이 어색하게 느껴지는 걸 보니, 그 짧은 사이에 많은 일이 있긴 했던 모양이었다.

어쩌면 디퍼와 관련된 일들이 훈련에 집중돼 있던 정신을 흐트러뜨렸는지 모른다.

'염병! 그걸 핑계라고 대냐!'

강철은 두 볼을 소리 나게 두드렸다.

짝!

정신이 번쩍 들었다.

그래, 실감도 안 나는 디퍼 얘기는 잊고 눈앞에 있는 것들에 집중할 때다.

"뭐 해?"

뒤이어 접속한 하오가 강철의 등을 두드렸다.

"그나저나 아리엘 양이 너무 열심인 거 아냐?"

하오의 말처럼 아리엘은 휴식도 잊은 채 스피츠의 퀘스트를 수행하는 중이었다.

나란히 시작했던 비델은 이미 지쳐 저 뒤로 빠져 있었다. 그것만 봐도 아리엘이 얼마나 악착스레 버티는지 알 만했다.

"그렇게 안 봤는데 독종이네. 마왕이 옆에 둘 만해."

하오는 악에 받친 아리엘을 처음 본 듯했다. 연신 감탄을 쏟아 내는 건 그래서일 거다.

아리엘은 전신주를 두 개쯤 이어 붙인 크기의 블루 드래곤을 상대하고 있었다.

마법사와 드래곤에게 마법 대결을 붙이다니.

강철은 먼저 블루 드래곤의 상태창을 확인했다.

띠링!

[마법 저항력 +300]

저 한 줄이 마법사의 무덤이다.

멀쩡한 마법을 펼쳐도 데미지가 10, 20씩 뜨는 판이니, 마법사 혼자 드래곤을 상대하는 건 거의 불가능했다.

결국 아리엘은 불가능에 도전하는 셈이었다.

퍼- 억!

순간 블루 드래곤의 꼬리가 아리엘의 배를 강타했다.

그래도 피한다고 피했는데 떨어진 체력 탓에 제대로 걸려들고 말았다.

5미터쯤 날아간 아리엘은 그대로 바닥에 처박혔다.

아리엘이 충격에 괴로워하는 동안에도 블루 드래곤은 그녀를 향해 쏘아져 날아갔다.

쩍 벌린 입으로 냉기가 모여들기 시작하자,

"끝났군."

하오는 고개를 돌려 버렸다. 동료가 당하는 걸 보고 싶지 않다는 뜻이 분명해 보였다.

콰아아아아!

과연, 프로스트 브레스가 위용을 뽐내듯 뿜어져 나왔다.

"하아아앗!"

아리엘은 고통을 꾹 눌러 담은 얼굴로 스태프를 치켜들었다. 이윽고 화염 마법이 터져 나왔지만 브레스를 상대하기엔 역부족이었다.

젠장!

마음 같아선 사이드를 뽑아 당장에라도 뛰어들고 싶었다.

하지만 이건 아리엘의 단독 퀘스트다.

팀원의 도움을 받는 순간, 보상 자체가 날아가는 단독 퀘스트 말이다.

콰아아아아!

결국 브레스가 아리엘의 화염 마법을 집어삼켰다. 냉기는 기세를 몰아 그녀에게 달려들었다.

아리엘은 지금도 충분히 방전돼서 강철마저도 더는 힘들다고 판단할 정도였다.

그러나,

"이잇!"

이를 악문 아리엘이 허공으로 몸을 띄웠다. 그러고는 거기서 한 번 더 뛰어올랐다.

강철과 미친 듯이 수련했던 격투 기술 중 하나였다.

덕분에 온몸을 뒤덮고도 남을 브레스가 발목을 스치는 데 그치고 말았다.

"흐읙!"

HP가 바닥난 그녀로서는 그마저도 어마어마한 충격이겠지만 말이다.

타다다다닥!

아리엘은 달렸다.

쉴 새 없이 날아드는 공격에서 어떻게든 멀어지기 위해 일단 내달렸다.

승부는 이미 결정됐다.

아리엘을 포함한 여기 있는 모두가 아는 사실인데도 그녀는 포기하지 않았다.

콰아아아아!

몸을 날려 브레스를 피했고,

부우우웅! 콰앙!

바로 날아드는 꼬리를 마나 쉴드로 방어했으며,

쩌억! 콰직!

씹어 먹겠다는 것처럼 들이민 이빨을 스태프로 막아 세웠다.

"뭘 위해 저렇게까지 버티는 거야?"

하오가 놀랄 만큼의 투지와 근성이었다.

턱밑까지 차오른 숨에 어깨를 들썩이면서도 그녀는 스태프를 말아 쥐었다. 끝내 한 번은 공격을 성공시키겠다는 의지 같았다.

부우우웅! 퍽!

그러나 시야 밖에서 날아든 꼬리까지는 미처 피할 수가 없던 모양이다.

"흡!"

휘이이익!

허공을 가른 아리엘의 몸이 바닥에 처박히기 직전이었다.

촤아아아악! 척!

바람을 찢다시피 쏘아져 날아간 강철이 그녀를 품에 감싸 안았다.

마지막 타격이 들어갔을 때 이미 퀘스트 실패 판정이 떠 버렸다. 단독퀘를 방해한 상황은 결코 아니었다.

방해만 받지 않으면 이건 언제고 재도전할 수 있는 퀘스트다. 극강의 난이도를 요구하니만큼 당연한 조건이었다.

"괜찮아?"

강철의 품에 안긴 아리엘은 애써 웃음을 지었다.

아플 거다. 몸도, 마음도 쓰라릴 게 분명했다.

강철은 그녀의 아픔을 공감한다는 것처럼 고개를 끄덕여 주었다.

그것만으로 충분한 위로가 되었는지 아리엘은 이를 드러내며 웃어 보였다.

고맙다, 저 미소가.

강철은 얼른 스피츠와 레비아탄을 돌아보았다.

그오오오오!

굳이 말을 하지 않았지만, 두 드래곤은 즉시 아리엘에게 치유 마법을 걸어 주었다.

붉게 상기돼 있던 아리엘의 얼굴이 차차 원래의 색을 되찾아 갔다.

상체를 들썩이던 숨도 서서히 가벼워지는 중이었다.

"왜 그렇게까지 싸웠던 거야?"

"단 한순간이라도 강철 씨처럼 싸워 보고 싶었어요."

"그건 또 무슨 소리야?"

"나도 그만큼 노력하면 내가 원하는 걸 얻을 수 있을까 궁금했거든요."

송재균이나 레비아탄이 자주 하던 멘트를 아리엘까지 쏟아 내는 건 아니겠지.

그러나 아리엘은 더는 아무 말도 하지 않았다. 심지어 뭘 얻고자 그렇게 싸웠는지에 대한 설명도 없었다.

더는 짐이 되지 않겠다는 결연한 각오가 눈에 가득해서 따로 들을 필요가 없었지만 말이다.

"이제 좀 쉬지?"

"내가 쉬면 우리 훈련 못하잖아요."

"그동안 각자 개인 훈련 하면 되지."

"그럼 나도 할래요, 개인 훈련."

이럴 땐 말려도 안 듣는다.

좋아. 해 보자.
디퍼든, 디퍼 후계자가 됐든, 일단 달려 보자.
부드득!
강철은 각오를 다지듯 어금니를 꽉 물었다.

※

창밖에 내려앉은 어둠만큼이나 디퍼의 상황은 암담했다.
"벌써 두 번째입니다."
브룩은 표정을 싹 걷어 낸 듯한 얼굴로 레넌을 노려보았다. 저런 표정일 때는 결코 쉽게 넘어간 일이 없었다.
"가로쉬에 넘어갔다던 알파런이 새 메시지라도 보냈답니까? 그래서 전처럼 코드가 흔들린 거예요?"
"그런 건 아닙니다. 동종 코드를 확인한 이상, 치료하고 치료해도 계속해서 문제가 발생하도록 설계된 모양입니다."
"그럼 앞으로도 이런 일이 또 발생할 수 있단 말입니까?"
대답 여하에 따라 백지 같은 얼굴에 표정이 떠오를 거다.
레넌은 입이 쩍쩍 말라서 평상시처럼 입을 열기가 힘들 지경이었다.
"코드에 이상이 생길 것을 대비해 전담 서버와 예비 코드를 짜 두는 방법이 있습니다."
"폭탄을 해체하는 게 아니라, 폭탄과 더불어 사는 법을 배우자는 말이지요?"

"포, 폭탄을 제거하는 방법도 있다고 들었습니다만, 그 방식이 워낙 믿기지 않는 것이어서 선뜻 말씀드리기가……."

"뭡니까, 그게?"

"어둠의 나라에서 '리안의 파편'이란 아이템을 모아 가로쉬에 있는 '리안의 상자'를 열어야 한답니다."

"보안 시스템이 무슨 게임이라도 된답니까? 지금 그게 말이 되는 소리예요!"

브룩도 더는 참지 못하고 소리를 버럭 지르고 말았다.

한동안 숨을 크게 들이쉬던 브룩은 아랫입술을 꽉 물고는 다시 입을 열었다.

"어둠의 나라라면 아들놈이 한다던 그 게임 맞습니까?"

"예."

"그것도 같은 코드로 제작된 거구요?"

"미스터 강의 툴을 공유하고 있습니다."

"정말 그 파편이란 걸 모아서 해결이 된다고 믿는 겁니까?"

"알파런의 의견입니다."

인공지능은 실수가 없다. 그 대상이 알파런이라면 더더욱 그렇다. 디퍼의 수장인 브룩은 그 사실에 어떠한 의심도 품지 않았다.

"정말 그런 식으로 문제가 해결될 거라면, 차라리 넥씨 측에 정식으로 요구를 하는 것도 생각해 봄 직한 거 같은데요?"

"넥씨엔 미스터 강의 아들이 있습니다. 그의 편인 송재균도 있구요. 디퍼가 왜 파편 따위를 요구하는지 의문을 가지기 시작하면 위험할 수 있습니다."

"그럼 다른 방법이라도 있습니까?"

브룩이 눈을 치켜떴다. 당장이라도 폭발할 듯한 얼굴로 화를 꾹꾹 누르는 모습이 사람을 더 곤란하게 만들었다.

"기본적인 검색 엔진에서 문제가 작동하면, 추후 보급될 2세대 인공지능 산업에 신뢰가 무너집니다. 한 번 추락한 신뢰도는 아무리 돈을 들이부어도 회복할 수가 없는 거 알고 있지요?"

브룩이 얼음장 같은 말을 내뱉을 때마다 차가운 손이 레넌의 심장을 움켜쥐는 거 같았다.

"나는 폭탄을 안고는 하루도 못 삽니다. 넥씨를 속여 파편을 줍든, 상자를 달래서 뚜껑을 열든, 근본적인 해결책을 내 눈앞에 내놓으세요. 아시겠습니까?"

"바로 진행해 보겠습니다."

전담 서버와 예비 코드를 주장하려던 레넌은 황급히 방을 나서야 했다.

깡! 깡!

스미든의 망치는 오늘도 불을 뿜었다.

마왕이 전적인 신뢰를 보여 준 데다, 하오가 템까지 밀어주는 상황이다.

'여기서 열심히 안 하면 마계 수석 강화사로 실격이다!'

각오를 다진 스미든이 망치를 한껏 치켜들었다.

"으랏차차차차!"

부우우웅! 까- 앙!

[강화에 성공하였습니다.]

20강을 띄운 거다.

그러나 부채질을 하는 케인과 주사형 포션을 쥔 베인, 부서진 템을 정리하던 알다라까지 누구 하나 기뻐하는 이가 없었다.

그도 그럴 것이, 스미든의 뒤로 20강 템이 일렬로 길게 늘어선 까닭이었다.

'목표는 22강!'

스미든은 다부진 얼굴로 망치를 들었다.

부우우웅! 까- 앙! 콰직!

[강화에 실패하였습니다.]

"끄응!"

촤르륵!

조각난 템을 모루 끝으로 밀어내면 기다리던 알다라가

그것을 챙겼다.

띠링!

[대마법사 '리안'의 파편.]

[퀘스트 전용 아이템입니다.]

[거래가 가능합니다.]

['리안의 상자'를 개방하는 데 쓸 수 있습니다.]

[획득하시겠습니까?]

"또 나왔네."

알다라는 부서진 장비 틈에서 새끼손가락만 한 조각상을 꺼내 들었다.

"근데 이런 건 왜 모아 두라는 거야?"

깡! 깡!

알다라가 의문을 던지는 와중에도 스미든의 망치는 불을 뿜었다.

"퀘스트 템이라니까, 일단 주워는 놓자구!"

"하아! 카이얀의 여왕이었던 내가 고철 더미를 뒤지는 신세라니!"

알다라는 툴툴대면서도 리안의 파편을 챙겨 따로 자루에 담아 두었다.

꿍

개인 훈련이 끝나고, 벌써 몇 시간째 팀플레이에만 매달렸다.

스피츠와 레비아탄은 집요할 만큼 아리엘을 노렸고, 후방에 있는 비넬은 버프와 디버프를 적절히 걸어 주었다.

훈련 초기에는 이 패턴에 속수무책으로 당했다. 그러나 지금은 분위기가 꽤 달라져 있었다.

부우우웅! 쐐애애액! 콰- 앙!

스피츠가 휘두른 꼬리를 강철이 사이드로 막아 세웠다.

콰아아아아!

바로 브레스를 뱉어 냈지만, 강철도 지지 않았다.

촤아아악! 쐐애애액!

오히려 브레스를 뚫고 전진하여 스피츠의 입가를 그어 버렸다.

크어억!

스피츠의 고개가 돌아가며 짧은 신음이 새어 나왔다.

쐐애애액! 서거거겅! 쐐애애액! 그그그궁!

그 뒤로도 강철의 사이드는 불을 뿜었다.

스피츠를 상대로 이토록 저돌적일 수 있었던 건 아리엘이 걸어 준 HP 쉴드 덕분이었다.

휘청!

아리엘은 스피츠가 주춤한 틈을 타, 그 반대편으로 튀어 나갔다.

디버프를 시전 중인 비델을 노리기 위해서였다.

공격을 피하기도 급급했던 아리엘이 물러서지 않는 건 기본이요, 이젠 역공까지 책임지고 있는 거다.

후우우욱!

레비아탄은 몸을 던져 아리엘을 찍어 누르려 했다.

휘이이익!

그러나 즉시 날아든 하오의 창이 레비아탄의 턱을 후려쳐 버렸다.

하오는 거기서 그치지 않고 레비아탄의 머리 위로 올라타서 공격을 이어 나갔다.

강철과 하오가 각각 두 드래곤을 맡아 주는 상황이다.

타다다다닥!

아리엘은 거침없이 질주했다. 독하게 훈련한 만큼 단단한 자신감이 붙어 있었다.

"하아아앗!"

아리엘이 비델을 향해 얼음 창을 내던졌다.

어느덧 비델도 버퍼에서 전투형 성기사로 전투태세를 갖춘 상황이었다.

비델은 좌측으로 몸을 날려 얼음 창을 피해 냈다.

하지만 착지할 곳에서 기다리던 아리엘이 그녀를 향해 스태프를 휘둘렀다.

쇄액!

비델은 망치를 들어 아리엘의 공격을 가까스로 막아 냈다. 어디로 피할지까지 예측하여 기다렸던 건 놀라웠다. 그러나 마법사의 특성상 스태프를 휘두른 공격은 썩 대단할 게 없었다.

"미안하지만, 이제는 역공에 대비해야 할 차례 같은데요?"

비델이 망치를 움켜쥐며 던진 도발이었다.

그러나,

슈우우욱!

그 순간 허공을 찢는 소리가 비델을 향해 쏘아져 들어갔다. 피한 줄만 알았던 얼음 창이었다.

콰- 앙!

공격을 정통으로 허용한 비델의 몸이 그대로 넘어가 버렸다.

"쿨럭!"

마음만 먹으면 마법을 더 캐스팅할 수 있는 상황이지만, 아리엘은 그만 스태프를 거두었다.

'어설픈 스태프 공격이 얼음 창을 숨기기 위한 속임수였다고?'

비델의 눈에 떠오른 의문에 답을 해 주는 이는 아무도 없었다.

단지,

《더 이상의 전투는 무의미한 거 같군.》

스피츠가 패배를 선언하고 말았다. 강철의 버프가 터지지 않고서는 처음 있는 일이었다.

 "으아아아아!"

 기쁨을 주체 못한 하오가 허공에 함성을 내질렀다.

 아직 얼떨떨한 아리엘은 어깨를 들썩이며 숨을 몰아쉬는 중이었다.

 뒤에 서 있던 강철은 아리엘이 흘렸을 땀과 눈물을 떠올렸다.

 "바로 다시 시작한다."

 그러나 생각과 달리 엉뚱한 말이 입 밖으로 튀어나왔다.

 모두가 놀란 눈으로 강철을 돌아보았지만, 이미 뱉은 말을 어떻게 주워 담을 수 있겠는가.

 "뭐 해? 빨리 준비들 하지 않고."

 강철은 무뚝뚝한 얼굴로 사이드를 치켜들었다.

 아리엘을 보면 미소가 흘러나올 것만 같아서 강철은 억지로 고개를 떨어트렸다.

제8장

자네의 훈련을 돕는 이유가 뭐라고 생각하나?

렙업하는 마왕님

푸슉!

캡슐 뚜껑이 열리자 강철의 시선으로 하얀 천장이 들어왔다.

훈련을 빡세게 하긴 했나 보다. 천장이 꼭 끝없이 펼쳐진 스피츠의 아공간처럼 느껴져서 그랬다.

"후우."

깊게 숨을 내쉰 강철이 캡슐에서 몸을 일으켰다. 그러고는 정수기로 가 종이컵 4개를 꺼냈다.

첫 승리를 일궈 낸 뒤로 내리 5시간쯤 훈련을 더 한 거 같다. 성장한 아리엘에 맞춰 스피츠가 또 다른 패턴을 들고 나온 탓에 이후의 승률은 썩 좋지 못했지만 말이다.

쩝!

강철은 종이컵당 봉지 커피를 두 봉씩 부어 주었다.

뜨거운 물을 붓고, 마지막 컵을 수저로 저어 줄 때쯤 노크와 함께 문이 열렸다. 먼저 아리엘이 보였고, 그 뒤로 하오와 장린이 따라 들어왔다.

훈련을 갓 마친 상황이다. 두 사람 체력을 생각해서라도 이제 그만 들어가서 쉬라고 했었다.

"난 잠 안 자도 좋아요. 오늘 전투가 어땠는지 확실히 짚고 넘어가자고요."

"세계 최고의 기업을 눈앞에 두고 잠이 대수야? 어디 끝까지 가 보자고!"

하여간 두 사람 다 파이팅이 넘쳤다.

솔플이 몸에 밴 강철에겐 나름대로 기분 좋은 상황이긴 하다만, 이러다 진짜 체력이 동나면 어쩌려고 그러는지, 원.

"쉬는 것도 중요해. 이건 아리엘이 나한테 말해 준 거잖아?"

"언제는 한계치까지 몰아붙여야 실력이 는다면서요? 강철 씨가 나한테 해 준 말이잖아요!"

그래, 이럴 땐 차라리 빨리하고 쉬는 편이 낫지 않겠나.

강철은 아리엘과 하오를 천천히 돌아보았다. 지친 기색이 보였지만 그래도 두 사람 다 눈빛만은 살아 있었다.

"아리엘이 성장한 만큼 상대도 한 명만 노리는 패턴은 사용 못해. 그래도 언제나 1순위는 아리엘이니까 조심해야 하는 건 변함없어."

"예, 명심할게요."

아리엘이 다부진 표정으로 고개를 끄덕였다.

"내일부터는 우리가 주도권을 쥐도록 공격적인 운영을 펼칠 거야. 내가 선봉에 설 테니까 아리엘이 서포팅을 해 주고, 하오가 공수를 조율하는 허리 역할을 해 줘야 돼. 가능하겠어?"

"구체적으로 뭘 하면 되는 거지?"

하오가 그런 걸 몰라서 물을 리 없다.

단지 마왕의 입에서 다시 한 번 명확한 명령을 받고 싶어 하는 게 분명해 보였다.

"오더는 내가 내릴 테니까 부담은 갖지 않아도 돼. 간단히 말하면 아리엘을 보호하는 게 주된 임무고, 내 명령이 떨어지면 즉시 나와 같은 대상을 공격하면 되는 거야."

축구로 따지면 미드필더 같은 역할인데 집중력과 순간 판단, 체력, 모든 방면에서 뛰어나야 제 몫을 해낼 수 있는 포지션이었다.

하오쯤 되는 실력자가 든든히 자리를 지켜 줘야 강철도 마음 놓고 공격에 전념하며, 때때로 전체 판을 살필 수도 있었다.

"아무튼 중요한 역할임에 분명하구만."

"그런데요, 강철 씨. 내일은 공격에 집중한다고 하지 않왔어요?"

그러고 보니, 아까 타 놓은 커피를 먹지도 못한 채 계속 서서 이야기하는 중이다.

강철은 미지근한 커피를 나눠 주며 자리에 앉기를 권했다.

"셋이서 미친 듯이 공격을 해 봐야 반격의 빌미를 줄 뿐, 주도권을 뺏는 건 불가능해. 그럴 거면 나 혼자 공격에 집중해서 틈을 만드는 게 나을 거 같은데?"

"그럼 반대로 강철 씨에게 공격이 집중되는 거 아니에요? 그럼 그때 하오 씨가 도와주는 건가요?"

"나에게 공격이 집중되면 비델이 노마크잖아? 하오랑 아리엘은 그 비델을 노려야지."

"미끼가 되겠다는 거예요?"

"상황이 그렇게 흘러간다면."

"그럼 몰아치는 공격들을 어떻게 버티려고요?"

파이팅 넘치던 아리엘의 얼굴에 급작스레 근심이 떠올랐다.

하지만 나란히 있던 하오가 미지근한 커피를 단숨에 들이켜곤 입을 열었다.

"프로모션 때 악착스레 버티던 동생 모습 생각하면 문제 없을 거 같은데, 안 그래?"

강철은 대꾸 대신 피식 웃었다.

"동생이 고전하는 게 걱정되면 아리엘 양과 내가 후딱 한

놈 처리해 버리면 문제없겠네."

하여간 하오는 화끈해서 좋다. 이럴 때 보면 말도 잘 통하고.

"얼추 끝난 거 같은데?"

강철의 말에 하오가 고개를 끄덕였고, 아리엘도 더는 별말을 하지 못했다.

"오늘만 살 거 아니면, 그만 들어가서 자. 아리엘은 못다 한 퀘스트 깬다고 다시 접속할 생각 말고."

"치!"

아리엘은 대단한 비밀을 들킨 사람처럼 고개를 떨어뜨렸다.

하오는 자신의 방 침대에 걸터앉았다.

해킹 수습부터 고된 훈련까지, 아무튼 긴 하루였다.

강철과 진지한 대화를 나눈 게 소득이라면 소득이었지만, 몸만큼은 며칠 밤을 꼬박 새운 사람처럼 녹초가 돼 있었다.

똑똑똑!

그러자 아직 잘 시간이 아니라는 듯 노크 소리가 들려왔다.

이 시간에 문을 두드릴 사람은 장린뿐이다.

"장린?"

"예. 보고드릴 게 있어 찾아왔습니다."

그러고는 문이 열리며 장린이 안으로 들어섰다.

"급한 거야?"

하기야 급한 게 아니면 이 새벽에 미쳤다고 찾아오겠나.

하오는 장린의 답을 듣는 대신 말을 해 보라는 것처럼 고개를 끄덕였다.

"해킹의 배후를 알아냈다는 급한 연락이 왔습니다."

알리베이 사이트를 공격한 놈들이다. 반나절 만에 추적당할 거라면 시도도 안 했어야 정상 아닌가.

"누군데?"

"디퍼랍니다."

"뭐?"

솔직히 경쟁사인 오마존쯤 예상했었다.

그런데 갑자기 디퍼가 왜 공격을 해 온 거지? 그보다 디퍼쯤 되는 놈들이 흔적을 남겼다고?

장린은 하오의 얼굴에 떠오른 의문을 금세 읽어 냈다.

"동일한 시각에 디퍼도 오류를 처리하던 모양입니다. 그래서 예상했던 것보다 일찍 공격을 철회했고, 그러다 흔적이 남은 걸로 추정하고 있습니다."

순간 하오의 표정이 일그러졌다.

"그놈들이 왜 우리를 공격해 온 거야?"

"여러 갈래로 추론이 가능합니다만, 확실하진 않습니다."

"일단 이야기해 봐."

"지금 디퍼는 가로쉬에 인공지능을 보급했습니다. 그 이후로 둘 사이가 진전됐다면, 가로쉬를 압박하는 알리베이를 향해 경고의 메시지를 보냈을 수도 있습니다."

"그러니까, 디퍼가 가로쉬를 위해 기업의 명운을 건 공격을 해 왔다고 말하는 거야?"

하오는 그럴 리가 없다는 듯 고개를 저었다.

"그게 아니라면 프로모션 상대인 포비든이 독단적인 행동을 보였을 확률도 있습니다."

포비든처럼 자존심이 센 놈은 게임에서 찍어 누를 생각을 하지, 게임 외적으로 공격을 해 오지 않는다.

"그건 더 아닌 거 같은데?"

"죄송합니다. 일단 모든 가능성을 열어 두고 추가적인 조사를 진행하도록 하겠습니다."

"도대체 무슨 이유인지, 앞으로 더 공격을 계획 중이진 않는지 철저히 알아봐."

"예."

하오가 끓어오르는 분노를 억누르려 아랫입술을 베어 무는 동안이었다.

대화가 끝났다고 생각했는데도 장린은 자리를 지켰다.

"아직 보고할 게 더 남았나?"

"예. 천용진이 강철 씨에게 무슨 말을 했을지 알아봤습니다."

"직접 물은 거야?"

"아닙니다. 천용진의 계정으로 검색한 기록들과 방문한 사이트의 내용을 추려 봤습니다."

저렇게만 조사해도 대강 답은 나온다.

그러나 하오는 곧 고개를 저었다.

"그런 건 동생한테 직접 들을 테니까, 앞으로 보고하지 않아도 돼."

"예, 알겠습니다."

장린은 꾸벅 고개를 숙인 뒤에 방을 빠져나갔다.

"디퍼 이 새끼들이 도대체 왜……."

하오가 혼잣말을 중얼거리는 동안에도 밤은 그 깊이를 더해 가고 있었다.

⇨

드높은 천장에 활활 타오르는 불줄기가 매달려 있었다. 불이 기세를 더할수록 공간을 메운 어둠도 점차 흩어졌다.

테라와 사사키는 어둠이 깔린 바닥에 널브러진 채였다

포션과 치유 마법을 동시에 활용해 봤지만, 떨어진 피는 좀처럼 차오르지 않았다.

그나마 멀쩡히 서 있는 건 포비든 하나뿐이었다.

포비든의 맞은편으로 압도적인 기운을 뿜어 대는 알파런이 보였다.

도대체 어떤 인벤토리를 가진 건지, 꺼내는 무기마다 폭발적인 위용이 뿜어져 나왔다.

이번엔 너클이었다.

"후우."

포비든이 한숨을 내쉬기 무섭게 알파런이 일직선으로 몸을 날렸다.

놈의 주먹이 어둠을 관통하여 뻗어 나왔고, 포비든도 지지 않겠다는 것처럼 장검을 휘둘렀다.

콰과과과과! 부우우우웅! 콰- 앙!

팔뚝이 끊어지는 듯한 통증과 함께 포비든의 몸이 뒤로 밀렸다.

부드득!

'저 마왕이란 놈이 핵심 코드의 소유주라는 거잖아?'

부우우우웅! 콰앙!

이번엔 팔 전체로 통증이 쏟아졌지만 포비든은 다시 장검을 고쳐 잡았다.

'난 언제나 세계 최고여야 한단 말이다! 그게 게임이든! 회사든! 모두 마찬가지야!'

콰과과과과!

순간 꿈 깨라는 것처럼 알파런의 주먹이 날아들었고, 포비든은 장검을 억지로 들어 올려 데미지를 최소화시켰다.

그런데도 포비든은 어둠 깊은 곳으로 처박혀 버렸다.

"쿨럭!"

순간 붉은색 기운이 포비든의 몸을 휘감았다. 위험에 닥치면 터져 나오던 핏빛 갑옷이었다.

기회다.

2세대 인공지능이 보급되는 순간, 디퍼는 어떤 기업과도 비교할 수 없는 규모로 성장한다.

"젠장."

포비든은 장검을 지팡이 삼아 몸을 일으켰다.

'그러기 위해서 네놈은 평생 입을 다물어 줘야 되거든!'

다시금 어둠을 가르며 알파런이 달려왔다.

포비든은 눈을 부릅뜬 채로 결코 놈에게서 시선을 거두지 않았다.

보인다!

포비든은 알파런의 이마를 향해 장검을 내리꽂았다.

부우우우웅! 콰앙!

알파런이 너클을 앞으로 내밀며 방어를 해냈지만, 이번엔 포비든도 밀리지 않았다.

'넌 어떤 권리도 주장해선 안 되고!'

부우우우웅! 쾅!

'감히 날 쳐다보지도 못해야 하며!'

스그그그긍!

좌측으로 피해 버린 알파런을 향해 포비든은 장검을 옆

으로 그어 버렸다.

"으아아아아!"

온몸을 뒤덮는 통증이 그만하라고 매달렸지만, 그럴수록 포비든은 강철에게서 뺏어야 할 것들을 떠올렸다.

'넌! 너의 모든 걸 포기하고 내 앞에 무릎 꿇어야 한다!'

부우우우우웅!

포비든의 장검이 허공을 가를 때마다 갑옷에서 뿜어져 나오는 핏빛도 사방으로 뻗어 나갔다.

⌒

강철은 침대에서 벌떡 몸을 일으켰다.

"후우! 후우!"

온몸이 식은땀으로 범벅이 돼 있었다.

정말 오랜만에 아빠가 꿈에 나왔다.

다 낡은 갈색 서류 가방과 김이 모락모락 나는 옛날 통닭을 양손에 들고 환하게 웃는 아빠였다.

그런데 검은 옷을 입은 놈들이 아빠에게 달려들어 손에 쥔 가방을 억지로 뺏으려 했다.

아빠는 극렬히 저항했지만, 곧 엉덩이를 찧고 말았다.

놈들은 서류 가방을 들고 뛰었다.

꿈이라서 그런가, 바닥에 널브러진 통닭이 빠르게 식어

갔다.

해가 쨍쨍하던 길도 순식간에 어둠으로 물들어 버렸다.

밤이 되도록 아빠는 여전히 길가에 쓰러진 채였다.

누구도 돕지 않았다. 아빠의 손이 파르르 떨리는데도 말이다.

"하아……."

강철은 고개를 저었다.

꿈이다. 꿈일 뿐이다.

그런데 왜 이렇게 가슴이 뜨거운 거지?

침대에서 일어난 강철은 블라인드를 걷고, 창문부터 열었다.

새벽의 차가운 바람이 방 안으로 쏟아져 들어왔다.

기분이 이상했다.

가로쉬의 기획서를 발견하고, 류샹이란 인간이 아빠 게임을 뺏었다는 말을 들었을 때도 이런 꿈을 꾸진 않았다.

꿈에 나와 달라고 노래를 부른 것도, 이렇게 찾아오란 건 정말 아니었는데.

"씁!"

강철은 담배 생각이 간절해졌다. 그렇다고 실내에서 태울 수도 없는 노릇이라 입맛만 다시던 강철은 침대맡에 놓아둔 휴대폰을 집어 검색창을 열어 보았다.

하루에도 몇 번씩 무의식적으로 들어가는 이 사이트가 아빠의 기술을 훔쳐서 만들었을지 모른다고?

강철은 하얀 바탕의 검색창을 오랫동안 들여다보았다.

염병할 검색창은 꼭 아빠에 관한 것만 제외하고 모든 답을 내놓을 거 같았다.

휴대폰 액정 끝으로 AM 5:32라는 글귀가 적혀 있었다.

강철은 서울의 새벽 풍경을 내려다보았다. 이른 시간인데도 헤드라이트를 켠 차들이 꽤 돌아다녔다.

다들 제 몫의 밥그릇을 감당하기 위해 부지런히 사는 거다.

아리엘은 송지혜의 병원비를 얻기 위해 프로모션에 참가한다고 했었다.

하오는 알리베이를 세계 최고의 기업으로 만들기 위함이라 말했었다.

강철은 단지 그 둘을 돕기 위해 참여한다고 여겼었다.

그런데 알면 알수록 이건 강철을 위해 마련된 싸움이나 다름없게 느껴졌다.

이 모든 관계를 고려해서 만들었다고 해도 믿을 만큼 절묘한 판이 짜인 거였다.

"아빠, 오늘부터 또 미친 듯이 달릴 거거든. 이왕이면 좀 웃는 얼굴을 보여 주라."

강철이 혼잣말을 중얼거리자, 그에 대한 대답처럼 멀리서 태양이 떠오르고 있었다.

새벽 6시다.

팀원들과 모이기로 한 시간보다 두 시간이나 먼저 접속해 버렸다.

아리엘과 하오에게는 무조건 쉬라고 해 놓고 혼자 서둘렀다.

그렇다고 잠에서 깨 놓고, 멍하니 창밖만 보는 건 또 강철 스타일이 아닌 거다.

이왕 일찍 온 김이니까.

쉬고 있을 스피츠를 괴롭히는 거도 좀 그래서, 강철은 마왕성으로 향했다.

깡! 깡!

모두들 잠을 잊은 모양이다.

스미든의 망치는 새벽부터 불을 뿜었다.

다크서클이 턱밑까지 내려온 몰골로도 스미든은 망치질을 멈추지 않았다.

저러다 쓰러지는 게 아닌가 싶을 때면 그의 절친 베인이 주사형 포션을 3개씩 등에 꽂아 주었다.

전직 마왕 출신 케인은 자존심도 다 버리고 스미든을 향해 부채질을 해 줬고, 여왕이었던 알다라도 자루에 쓰레기를 담는 중이었다.

크르르릉!

아이템을 나르던 폭룡은 강철을 발견하곤 나직하게 울었다.

제 딴에는 최대한의 반가움을 표현한 건데, 남들이 볼 땐 적대감을 보여서 우는 것과 별반 다르지 않아 보였다.

어쨌건 폭룡의 울음 덕분에 모두가 강철이 있는 쪽으로 고개를 돌렸다.

"마- 왕!"

스미든은 들고 있던 망치를 뒤로 휙! 던져 버리고는 강철을 향해 후다닥 달려들었다.

'저 인간은 왜 날 보자마자 생기가 도는 거냐!'

케인과 베인이 그 뒤를 따랐다.

자존심 센 알다라는 반가운 얼굴을 하고서도 종종걸음으로 다가왔다.

"마왕! 아직 쓸 만한 무기는 만들지 못했네만, 손끝에 감각이 살아나고 있어. 내 전성기는 지금이야. 22강쯤 기대해도 좋을 걸세."

쓸 만한 게 없다는 말과 달리, 스미든의 뒤편으로 20강에 성공한 무기들만 족히 10개는 진열돼 있었다. 물론 저걸 다 두드려 본들 21강이 뜰 거란 보장은 없겠지만 말이다.

"확실히 많이 늘긴 했나 본데?"

"스미든의 전설은 이제 시작이라구."

((마왕님, 외람된 말씀이지만 장비가 산더미처럼 깔린 거면 강화술을 모르는 저도…….))

베인의 귀여운 딴죽에 스미든을 제외한 모두가 웃음을 참는 눈치였다.

"마왕, 봤지? 모두가 나의 업적을 시기, 질투하는 동안에도 나는 자신과의 싸움에서 번번이 승리를 쟁취했지. 이런 거는 칭찬받아 마땅하지 않은가?"

스미든이 머리를 쑥 내밀었다. 머리를 좀 쓰담쓰담 해 달라는 거 같았는데, 강철은 그런 거 해 줄 성격이 못 됐다.

"일단 목표는 22강으로 해. 성공하면 나에게 바로 메시지를 보내 주고."

"알겠네."

아쉬운 표정으로 머리를 뒤로 뺀 스미든이 대답과 함께 입맛을 다셨다.

"아리엘이나 하오의 템을 띄워도 마찬가지야."

"마왕의 명인데 당연히 그래야지."

강철이 만족스럽다는 얼굴로 고개를 끄덕인 다음이었다.

"아, 마왕! 혹시 이런 퀘스트를 받은 적이 있는가?"

스미든이 퍼뜩 떠올랐다는 듯 알다라에게 눈짓을 하였다. 그러자 알다라가 들고 있던 자루에서 뭔가를 꺼냈다.

[대마법사 '리안'의 파편.]

[퀘스트 전용 아이템입니다.]

[거래가 가능합니다.]

['리안의 상자'를 개방하는 데 쓸 수 있습니다.]

"마왕이 받은 퀘스트와 연관이 있지는 않을까 싶어서 모아 두었거든."

"이게 어디서 나왔는데?"

"장비가 깨지면 심심치 않게 나오더라고. 그래도 저게 나와 주니까 강화 실패해도 죄책감이 덜 들던 참이었네."

강화사인 스미든만 할 수 있는 대답이었다.

아무튼 강화에 실패하면 이게 나온다는 거잖아?

"부피가 큰 것도 아니니까, 모아 두는 것도 나쁘진 않을 거 같은데."

"역시! 마왕을 위해 모아 두길 잘했구만! 이건 내 아이디어일세."

머리를 내밀려던 스미든은 강철이 고개를 돌리는 통에 뻘쭘한 얼굴이 되고 말았다.

"난 스피츠와 훈련 중이니까, 무슨 문제가 생기면 언제든지 연락하고."

"옙!"

한마디 끼어들고 싶었을 케인이 대표로 대꾸했고, 모두가 꾸벅 고개를 숙일 때였다.

"잠깐!"

다 끝나 가는 마당에 느닷없이 스미든이 목청을 높였다.

"마왕! 가기 전에 이거 하나 들고 가게!"

먼 길을 빈손으로 보내기 아쉽다는 듯이 그는 뒤뚱거리는 폼으로 모루를 향해 달려갔다. 진열장 맨 왼편에 있던 사이드를 움켜쥔 스미든은 다시 짧은 다리를 바삐 움직이며 강철에게 다가왔다.

"고작 20강밖에 안 되지만, 급한 대로 이거라도 쓰면 어떻겠나?"

언제부터 20강 앞에 고작이란 말이 붙게 된 거냐.

쏴아아아!

스미든이 내민 사이드는 황금빛 아우라를 격렬히도 뿜어대는 중이었다.

"계속 쓰라는 건 아니고, 22강 뚝딱 띄울 때까지만이라도……"

대단한 성과를 거둔 건데도 스미든은 꽤나 미안해하는 얼굴이었다.

강철은 사이드를 받아 들었다.

그러자 그 순간,

콰아아아아앙!

육중한 폭발음이 사방을 뒤덮었다. 그러고는 곧 사이드에서 뿜어져 나오던 아우라가 강철의 몸을 휘감았다.

"오오!"

NPC들의 입에서 탄성이 터져 나올 정도였다.

확실히 템은 죽여줬다.

무기 숙련도 때문인지, 20강 장검을 들었을 때보다 훨씬 더 강한 기운이 몸에서 뿜어져 나왔다.

고생했다.

강철은 그 말 대신 스미든의 등을 두드려 주었다. 머리를 쓰다듬는 건 도저히 못할 거 같아서 그랬다.

젠장! 그런데 이 영감 눈에 하트는 왜 그려지는 거냐!

지이이잉!

바로 그때, 이 모든 걸 보고 있었다는 듯 송재균이 포탈을 열어 주었다.

그래, 빨리 튀자.

"마왕! 힘내게! 우리도 여기서 최선을 다하고 있을 테니!"

스미든의 우렁찬 외침이 배웅하는 앞에서 강철은 아공간행 포탈에 몸을 맡겼다.

강철이 포탈에 들어가는 거까지 확인한 송재균은 그제야 자리에서 몸을 일으켰다.

이제부터는 진짜 훈련을 시작할 거다.

그럼 당분간은 개발자인 자신을 찾을 일도 없겠지.

그래도 혹시 몰라 송재균은 강철에게 메시지를 보냈다.

「의장님께 보고할 것이 있어 잠시 자리를 비워야 할 거 같은데요. 김백준 팀장이 모니터링을 하고 있을 테니, 급한 일이 있다면 그쪽으로 연락 주십시오.」

「걱정하지 말고 다녀오셔도 돼요.」

강철의 답장까지 확인한 그는 의장실을 향해 걸음을 옮겼다.

이미 연락이 돼 있던 차라, 김택수는 문을 열고 기다리고 있었다.

아침 7시도 못 된 시간이다.

프로모션 전까지는 김택수나 송재균이나 퇴근이란 잠시 잊는 게 속 편할 터였다.

초췌한 몰골의 송재균과 달리, 그래도 김택수는 말끔히 샤워까지 하고 머리도 손질한 모습이었다.

두 사람은 익숙하게 소파로 향했다. 키가 작은 소파 테이블엔 머그컵이 두 개 놓여 있었다.

갓 내린 커피가 은은한 향을 풍기는 앞으로 두 사람이 앉았다.

"바빠도 커피는 좀 챙겨 먹으려고 합니다. 오후에 문득 커피 한 잔 못 마셨다는 생각이 들면, 괜히 서글픈 기분이 들거든요."

"잘 마시겠습니다."

먼저 보자고 한 건 송재균이었다.

송재균은 가볍게 커피를 마시고는 머그컵을 천천히 내

려놓았다.

"천용진 전 부사장과 통화를 하게 됐습니다. 그 말씀을 드리려고 찾아뵀습니다."

"천용진이라구요?"

전혀 예상치 못한 말을 들은 것처럼 김택수의 눈이 가늘어졌다.

송재균을 의심하진 않을 거다. 그런데도 저런 눈을 한다는 건 천용진이란 이름 자체를 경계하는 게 분명해 보였다.

"그런 반응을 보이시는 것도 이해는 갑니다. 하지만 그쪽도 자신의 목숨 지키기 위해 열심히 뛰는 거 같았습니다."

"뭐라던가요?"

"천용진이 강철 씨에게 어떤 제안인가를 해 왔고, 그게 기술적으로 가능한지를 제가 확인해 주었습니다."

"천용진이 강철 씨를 찾아간 겁니까?"

"예. 강철 씨가 하오와 연결돼 있다 보니, 신변 보호를 부탁하기 위해 그쪽을 찾은 걸로 보입니다. 제가 드리는 말씀은 천용진이 강철 씨에게 무슨 부탁을 했는지가 아닙니다."

그건 강철의 사생활이기 때문에 김택수에게 보고할 의무도 없을뿐더러, 전해서도 안 되는 부분이었다.

김택수도 그 정도야 알고 있다는 것처럼 고개를 끄덕였다.

"천용진이 주장한 기술적인 부분에 대해서만 보고드리겠습니다. 강창모 선생의 코드는 동종 코드를 발견 시 공격을 가한다고 했습니다. 아무래도 도용이나 불법 복제를 방지하기 위해 보안 장치를 해 놓은 모양인데, 신빙성 있는 주장이었습니다."

"그 시절에 그런 기술이 가능했습니까?"

김택수는 자신의 질문이 어리석다고 여겼는지 이내 고개를 저었다. 시대를 초월한 천재에게 해당되는 말이 아니라는 생각 때문이었다.

"어떻게 그런 기술이 가능했는지는 알 수 없습니다. 다만, 그 말이 사실이라면 어둠의 나라에 생기는 이상 징후들도 설명이 가능해집니다."

"아직 추론 단계인 겁니까?"

"가로쉬의 코드를 직접 분석하지 않는 한, 언제까지고 추론일 수밖에 없습니다."

송재균은 그렇게 말을 맺었다. 그러나 김택수는 여기서 끝이 아닐 거라고 확신했다.

송재균쯤 되는 위인이 의심만으로 의장실을 찾을 리는 없단 생각에서였다. 이렇게 이른 시각엔 더더욱 그랬다.

얼른 다음 말을 꺼내 보라는 것처럼 송재균을 바라본 다음이었다.

"이상 징후가 생겼다는 걸 증명이라도 하듯, 가로쉬와의 연계 퀘스트가 생겨나고 있습니다. 네메시스가 가로쉬의 NPC를 잡으라는 퀘스트를 주더니, 이제는 리안의 파편이라는 퀘스트 템까지 생겨났습니다."

"그놈의 가로쉬와는 끈질기게도 엮이는군요."

"같은 툴을 사용하는 한 어쩔 수 없는 모양입니다. 아무튼, 가로쉬 쪽에도 우리와 관련된 퀘스트가 생겨났을 확률이 있습니다."

김택수는 생각을 정리하려는 듯 머그컵을 집어 들었다.

"퀘스트가 생긴다고는 해도 그리 중요하지 않은 걸 수도 있잖습니까?"

"동종 코드를 공격하는 특성이 만든 퀘스트입니다. 중요하지 않으면 생성될 리 없다는 게 제 판단입니다."

"그럼 또 가로쉬와 퀘스트 때문에라도 이런저런 요청들을 주고받을 거라 예상하시는 건가요?"

"요청이면 굳이 이런 말씀까지 드릴 필요도 없었을 겁니다. 지금까지 그들의 행적을 봤을 때, 해킹 시도나 공격을 해 와도 이상하지 않습니다."

협정을 맺고 주식까지 준 이후에도 네메시스에 장난질을 쳐 둔 놈들이다. 모든 걸 대비해야 한다는 생각에 김택수는 고개를 끄덕였다.

"보안 시스템을 강화해야겠군요."

"하지만 동종 코드를 공격하는 오류 때문에라도 보안 시스템은 언제고 뚫릴 가능성이 있습니다. 그럼 또 강철 씨가 나서야 하는 상황이 펼쳐질 수도 있는 거구요."

말은 저렇게 해도 송재균은 보안 시스템 강화에 최선을 다할 거다.

 단지 눈앞에 처한 상황을 보다 냉정하고, 정확하게 보고하기 위해 최악의 상황까지 말을 하는 거뿐이겠지.

 "하아! 강철 씨가 없었다면 넥씨가 어떤 위험을 겪었을지 상상이 가질 않습니다."

 "저는 언제부터인가 강철 씨가 없는 장면은 아예 상상하지 않게 되더군요."

 김택수가 쓴웃음을 짓는 앞에서, 송재균이 농담인 듯 진담 같은 아리송한 말을 던졌다.

 둘의 대화가 끝난 지금에도 시계는 이제 겨우 7시를 가리키고 있었다.

♪

 강철은 스피츠와 레비아탄을 마주하였다.

 《우릴 괴롭히려고 작정을 한 모양이구만.》

 레비아탄은 강철이 쥔 사이드를 보며 눈을 흘겼다.

 장난스러운 표정이었는데, 강철이 장비를 얻었다는 사실을 나름의 방식으로 축하해 주는 모양이었다.

 《아무리 20강이라도 마왕의 위용에 댈 수는 없구만. 그 빛을 잃는 느낌이야.》

레비아탄 특유의 느끼한 멘트가 떨어졌을 때, 스피츠도 뭔가 할 말이 있다는 듯 고개를 들었다.

《마왕, 우리가 자네의 훈련을 돕는 이유가 뭐라고 생각하나?》

　늘 고맙게 여기긴 했다만, 왜 그러는지는 물어본 적 없었다. 대꾸할 겨를도 없이 스피츠가 말을 이었다.

《이 땅을 뒤덮은 위협은 아직 끝나지 않았어. 그걸 해결할 수 있는 존재는 마왕, 자네뿐이야. 그 때문에라도 마왕은 더 강해져야 하네.》

"느닷없이 왜 이래?"

《우린 이 세계의 운명을 모두 자네에게 맡겼네.》

　살면서 이런 얘길 언제 들어 봤겠나.

　강철은 아무 대답 없이 스피츠를 바라봤다.

《그리고 난 자네의 그런 표정을 가장 신뢰하지.》

"도대체 무슨 말을 하려고 이렇게 비행기를 태우는 거야?"

《그날이 오면 우리의 부탁을 가벼이 여기지 말아 주게나.》

　이렇게까지 진지한 건 좋지 않다.

"그건 그때 가서 이야기하기로 하고, 난 당장 이 사이드를 시험해 보고 싶은데?"

　순간, 스피츠의 옆에서 눈을 빛내던 레비아탄이 앞으로 몸을 내밀었다.

《오랜만에 마왕과 대결을 해 보는구만.》

이것도 일종의 개인 훈련이라는 생각에 강철은 고개를 끄덕였다.

제9장

그것참, 답답하네

렙업하는 마왕님

촤르륵!

강철은 날개를 힘껏 펼쳤다.

투둑! 투두둑!

어깨와 팔뚝이 팽팽해짐과 동시에 온몸이 뜨거워지기 시작했고, 사이드를 말아 쥐자 온몸의 털이 곤두서는 느낌마저 들었다.

다르다.

20강짜리 장검과 비교가 안 될 정도의 폭발력이 느껴졌다. 그간 쌓아 둔 사이드 숙련도 덕을 보는 게 틀림없었다.

《놀랍구만.》

강철의 변화를 마주한 레비아탄도 슬쩍 긴장한 표정이

그것참, 답답하네

되었다.

'앞으로의 훈련은 공격의 주도권을 잡는 데 집중하기로 했었지.'

촤아아아악!

저돌적인 날갯짓을 시작한 건 그래서였다.

콰아아아아!

레비아탄도 지지 않고 브레스를 뿜어 댔다.

그러나 강철은 벌써 레비아탄의 코앞에서 사이드를 휘두르고 있었다.

쐐애애애액! 파앗!

레비아탄의 주둥이에서 붉은 피가 터져 나오며, 놈의 고개가 뒤로 젖혀졌다.

기세를 더하려던 브레스가 허공에 솟아오른 건 그 때문이었다.

촤아아악!

강철은 다시 레비아탄에게 붙어 사이드를 휘둘렀다.

쐐애애액! 그그그긍! 쐐애애액! 스그그긍!

목에 연달아 두 번의 공격을 꽂아 넣자, 집채만 한 몸집이 뒷걸음질을 치기 시작했다.

브레스를 멈춘 레비아탄은 아예 물어뜯어 버리겠다는 것처럼 강철을 향해 주둥이를 들이밀었다.

크와오!

귀청을 찢을 듯한 함성이 터져 나왔지만, 강철은 오히려 거대한 이빨들을 향해 사이드를 내뻗었다.

쐐애애애액! 쐐애애애액!

사방으로 피가 뿜어져 나갔고,

크아아앙!

레비아탄의 처절한 울부짖음이 스피츠의 아공간을 가로질렀다.

"사이드의 위력은 충분히 확인한 거 같은데?"

강철이 사이드를 거두며 던진 말이었다.

NPC라고는 해도 강철에겐 동료이자 친구나 다름없는 녀석이다.

대등한 상황이라면 끝까지 승부를 보는 것도 나름의 의미가 있을 거다. 하지만 지금은 그런 상황도 아니었다.

강철이 스피츠를 돌아보자 레비아탄을 향해 치유 마법이 날아들었다.

그오오오오!

그리고 그 순간, 여러 갈래로 찢어졌던 레비아탄의 비늘이 봉합되기 시작했다.

《내 꼬리 공격에 고전하던 마왕의 모습이 엊그제 같은데.》

녀석의 말마따나 정말 오랜 시간 함께 훈련했었는데.

레비아탄은 허탈함과 뿌듯함이 한데 엉겨 있는 얼굴이었다.

"템 좀 좋은 거 둘러서 선전한 걸 갖고, 왜 혼자 감상에 빠져서 난리야?"

《그렇게 말해 주니 고맙군. 그러나 하오와의 전투를 승리한 뒤에, 자네는 한 단계 더 성장하고 말았어. 그리고 난 직감했지. 마왕과 훈련을 하는 즐거움을 더는 누릴 수 없겠구나, 하고 말이야.》

여기서 좀 더 나가면 멘트에 버터가 발린다.

이쯤에서 커트해야겠다고 생각하던 차에, 레비아탄이 한 템포 빨리 입을 열었다.

《그래도 황홀하군. 눈부시게 성장한 마왕의 솜씨를 마주하는 일이 이토록 기쁠 줄 상상도 못했었어.》

뭔 놈의 황홀까지야.

셀 수 없는 훈련에, 굵직한 실전까지 겪어 왔으니 성장이야 당연히 했다. 그건 부정할 수 없는 거다.

그래도 레비아탄의 허탈함을 달랠 수만 있다면, 그냥 20강 사이드를 얻어서 템빨로 이긴 셈 치고 싶었다.

카이얀 때 그랬다.

같이 플레이하던 유저들과 격차가 벌어지기 시작하더니, 정신을 차렸을 땐 도무지 봐줄 수 없는 수준이 되어 버렸다.

그 뒤론 줄곧 혼자였다.

상념에 젖은 강철이 혼자 입맛을 다실 동안이었다.

"나도 빨리 왔다고 생각했는데, 역시 동생은 이길 수가 없구만!"

하오의 목소리였다.

고개를 돌리자 하오와 그 옆으로 스태프를 가볍게 든 아리엘의 모습도 보였다.

"나한테 그렇게 쉬라고 해 놓고, 제일 먼저 접속해 있기예요?"

피식.

이상한 일이다. 갑자기 웃음이 튀어나오다니.

강철은 하오와 아리엘을 거쳐 스피츠와 레비아탄을 돌아보았다.

그래, 그때완 많이 다르다.

그 시절처럼 도무지 따라잡을 수 없는 격차를 벌린다고 해도, 여기 있는 사람들은 분명 박수 치며 축하해 줄 테니까.

"뭐 좋은 생각해? 뭔데? 왜 혼자 웃어?"

벌써 옆에 와서 옆구리를 쿡쿡 찌르던 하오의 눈이 사이드에 고정됐다.

"20강? 이야, 죽이는데? 이거, 스미든이 일 한번 낸 거야?"

하오가 이를 드러내며 활짝 웃어 주었다.

《저걸로 나를 무지하게 괴롭히더군.》

"강철 씨쯤 되면 20강으론 부족한 거 아녜요? 스미든을 닦달하든지 해야, 안 되겠네!"

레비아탄과 아리엘이 한 번씩 농담을 던진 뒤였다.

그것참, 답답하네 • 251

"30분 일찍 왔는데도 지각생 취급받으니 서러워서 살겠나!"
가장 늦게 합류한 비델이 이쪽으로 달려왔다.
그래, 훈훈한 분위기는 이만하면 됐다.
"스피츠, 바로 훈련을 시작했으면 좋겠는데?"
《마왕의 뜻이 그렇다면, 당연히 그래야지.》
뭔 대답이 이러냐.
어쨌든 모두가 모인 덕분에 훈련은 그렇게 시작되었다.

☞

정유미는 MBS에서 기자로 3년 일했었다.
병아리 시절 버텨 내고 이제 회사 돌아가는 거 대충 돌아볼 정도가 되자 그녀에게 불쑥 마이크가 던져졌다.
그녀의 특출난 외모 때문이었다.
연예인보다 예쁜 기자로 유명해지기도 했지만, 그녀는 그런 거 관심 없었다.
정유미는 탐사보도를 사랑했다.
재벌의 비자금을 수사했고, 그 돈이 언론사에까지 뿌려져 있으며, 심지어는 MBS 재단을 장악하고 있다는 사실까지 알게 되었다.
난리도 아니었다.
정유미는 원래 난리 피우려고 기자 한 거라 거침이 없었다.

후진 없는 인생이라 터뜨릴 거 다 터뜨리고, 뜻 맞는 선배들과 '마이 뉴스'라는 독립 언론을 만들었다.

그게 벌써 1년 전 일이다.

"휘유."

마이 뉴스 사무실은 오늘도 한적했다.

월세는 밀릴 대로 밀렸고, 대기업만 들쑤시고 다니는 통에 굵직한 광고는 죄 떨어져 나간 데다, 대중들의 관심에서도 멀어졌는지 후원금도 뚝 끊겨 버렸다.

한숨을 쉰 정유미는 이내 머리를 쥐어뜯었다.

무슨 특종이라도 물어 오지 않으면 진짜 회사 문 닫을 참이었다.

지금 열심히 뛰어다녀도 모자랄 판에!

"흐아아아암!"

주간이라는 양반이 대낮부터 술 냄새를 풀풀 풍기는 꼴이라니.

"아니, 사람이 두 명인데 무슨 회의를 들어와서 하래요! 전화로 하면 되지!"

"이렇게라도 해야 얼굴 보는 거 아니겠냐. 어차피 다음 달에는 사무실 방 빼게 생겼는데, 너도 여기 몇 번이라도 더 봐 두는 게 좋지 않겠어?"

저 인간이 IT 전문 기자, 김치수였다.

반도체 공장의 위험성을 온몸으로 부르짖다, 대기업에 찍

혀서 여기까지 오게 된 양반이었다.

하여간 한국에 대단한 천재가 있었다느니, 이상한 취재를 한다고는 하더라만.

"아오! 배고파. 해장국이나 먹을래?"

대낮부터 저러고 사는 양반이 취재는 무슨 취재냐.

"선배, 우리도 살아야 될 거 아녜요. 나까지 도망가야 그때 정신 차릴 거예요?"

"뭐래? 너 도망 안 가도 어차피 다음 달에 사무실 빼야 된다니까. 하암!"

으이구! 인간아!

정유미는 이를 벅벅 갈며 자리에서 일어났다.

박봉에 그마저도 월급이 밀린 탓에 선배 기자들은 다 제 살길 찾아 떠났다. 굉장히 좁은 사무실이 썰렁해 보일 수 있는 건 다 그 때문이었다.

"어휴! 사무실에만 처박혀 있을 거면 청소를 좀 하던가!"

정유미는 배달 음식 카탈로그를 뒤져 식당 번호를 찾았다. 미우나 고우나 밥은 먹여야 할 거 같아서였다.

그녀가 서둘러 번호를 입력하던 그때였다.

지이잉! 지이잉!

하필 그때 전화가 왔다.

〈사랑스러운 내 동생 정유정〉

사랑스럽긴 개뿔!

통화 버튼을 누르자 수화기에서 동생 목소리가 후다닥 달려들었다.

(언니! 난 못 도와준다니까!)

"지금 언니 회사가 문 닫게 생겼어요. 이 사회의 참언론이 경영난으로 문 닫으면 넌 속이 시원하겠니? 마왕 인터뷰 한 번만 따게 도와줘 봐. 그럼 우린 주간지도 찍을 수 있고, 월세도 낼 수 있고, 저기 자빠져 자는 선배 특 사이즈로 감자탕도 사 줄 수가 있다니까?"

"옳소!"

속없는 양반이 추임새까지 넣고 있었다.

(아니, 내가 마계 소속이라고는 해도 마왕 얼굴을 본 적이 없어요, 언니!)

"그래. 그러니까 이참에 보자고 하면 딱이잖아. 우리 유정이 얼굴이 좀 예뻐? 미인계로 후다닥 꼬셔 보면 되겠네. 그때 내가 다가가서 인터뷰 하나만 딱!"

(안 된다니까.)

"비델 하면 마계에서 껌뻑 죽는다며! 마왕 직접 본다고 자랑 늘어놓을 땐 언제고!"

(몰라! 끊어!)

통화는 그렇게 끝났다.

하여간 양보 없기로는 자매가 똑같았다.

"내 주위에는 왜 이렇게 도움 되는 사람들이 없을까!"

좀 들으라고 한 말인데, 김치수는 책상에 다리까지 올려두고는 본격적으로 잠을 청하는 모습이었다.

'이 사무실 유지하고, 서버비도 좀 내고, 아무튼 돈 벌려면 마왕 관련 특종 따는 거 말곤 답이 없다.'

하아!

정유미는 깊은 곳에서부터 터져 나온 한숨을 내뱉고 말았다.

꿈

거듭된 훈련을 마치고 잠깐 짬을 내어 쉬는 시간이었다.

강철과 하오, 비델은 일렬로 앉아 있었다.

맞은편으로 아리엘이 블루 드래곤과 마법 대결을 펼치고 있었고, 그보다 멀찍한 곳에서 스피츠와 레비아탄이 그녀의 퀘스트를 지켜보는 중이었다.

"걱정 있어?"

"예? 저요?"

강철의 시선을 느꼈는지 비델이 고개를 돌렸다.

비델은 멍한 표정을 하고 있었다.

훈련 때는 무섭게 집중을 하는 거 같더니만.

힘들어서 그런 거면 이해하겠는데, 그런 거 같지도 않아서 한마디 툭 던진 거였다.

비델은 무슨 말인가를 하려고 입술을 오물거리다 이내 입에 있는 말을 삼켜 버렸다.

"뭔데?"

"아녜요."

여기서 더 묻는 성격이 못 된다, 강철은.

때 되면 어련히 말하겠지, 하고 기다리는 스타일이라 강철은 가만히 입을 다물었다.

콰과과과광!

커다란 소리에 돌아보니 아리엘이 화염 운석을 떨어뜨리고 있었다.

확실히 늘었는데?

크륵!

드래곤의 입에서 짧은 신음이 터져 나온 게 그 증거였다.

"하여간 아리엘 양이 독하긴 진짜 독하다니까."

"감탄할 여유도 있고. 개인 훈련을 짜 줘야 정신 차리겠구만?"

"그런 거라면 환영이지! 안 그래도 몸이 근질거리던 참이었다구!"

이 인간이 스피츠의 훈련법을 몰라서 이러는 거겠지?

쉴 수 있을 때 쉬라는 것처럼 강철이 하오에게 작은 미소를 지어 보인 직후였다.

"저……"

늘 당당하던 비델이 첫말을 길게 끌었다.

강철과 하오가 동시에 고개를 돌리자, 비델은 말을 멈추고는 입술에 침만 발랐다.

"아녜요."

그러고는 또다시 말을 삼키는 게 아닌가.

"아무리 봐도 하고 싶은 말이 있는 눈치인데? 같이 훈련까지 하는 사이에, 부탁할 거 있으면 그냥 털어놓읍시다. 나는 동생이랑 달라서 답답하면 속이 문드러지는 느낌이라서."

하오까지 나서서 보채자, 비델도 어려운 결심을 하는 사람처럼 입술을 꽉 물었다.

"마왕님, 시간 되세요?"

"응? 이건 숙녀의 데이트 신청?"

하오가 밑도 끝도 없는 말을 내놓았고, 비델이 황급히 두 손을 저었다. 그러고도 걱정이 되는지 멀리 있는 아리엘을 힐끔 보고 나서야, 비델이 입을 열었다.

"그런 게 아니고요. 아니, 그냥 바쁘지만 대답해 주세요."

"당연히 바빠."

"그렇죠?"

순간 그녀의 얼굴이 시무룩해졌다.

"그래도 비델이 도와달라고 부탁을 하는 거면 그 정도는 나설 생각인데? 무슨 일이야?"

비델의 표정 때문에 던진 말은 아니었다.

그녀 또한 강철의 훈련을 도와주는 상황에, 어떤 부탁이든 들어주는 게 맞다고 생각한 거였다.

그런데도 비델은 무슨 대단한 말을 들은 것처럼 입가에 커다란 미소를 떠올렸다.

기분이 좋아 보이던 그녀는 이내 무슨 일인지 고개를 저었다.

"지금은 다 같이 바쁜 때니까, 나중에 다시 얘기할게요."

"그것참 답답하네."

하오는 고구마를 꾸역꾸역 삼킨 듯 가슴을 두드렸지만, 강철은 재촉하지 않았다. 저런 반응을 보이는 데도 다 그만한 이유가 있을 거라는 생각에서였다.

"언니가 앓는 소리는 해도, 꾸역꾸역 제 살길은 찾더라고요."

비델은 알아듣기 힘든 말을 던지고는 곧 아리엘을 향해 고개를 돌렸다.

⌯

정유미는 낡은 건물 앞에서 고개를 갸웃하고 있었다.

MBS와 마이 뉴스 합쳐 4년을 이 바닥에서 기자로 먹고살았다.

그렇게 오랜 시간이 아니라면 할 말은 없지만!

'내 촉이 특종이라며 목청을 높이고 있어!'

넥씨 앞에서 뻗치기를 하는 동안, 그곳과 전혀 안 어울리는 일당이 어슬렁거리는 걸 두어 차례 확인했었다.

수상하다는 생각이 들 무렵, 그 일당이 천용진 부사장과 동행을 하는 게 아닌가. 그날 바로 미행을 감행했고, 이곳 사무실을 확인할 수 있었다.

정유미는 날카로운 눈으로 2층 건물을 빠르게 훑었다.

마이 뉴스 사무실도 충분히 허접한데 여긴 벽면부터 간판, 계단까지 제대로 된 게 하나도 없었다.

'그래, 천용진이 이런 허접한 건물에 드나드는 사실 자체가 너무 수상하잖아.'

마땅한 정보도 없던 판이다.

뭐라도 얻기 위해 발로 뛰어야 하는 상황이니, 의심이 되면 일단 두드리고 보는 게 맞았다.

정유미가 굳은 결심으로 계단을 오르려 할 때였다.

지이잉! 지이잉!

이쯤에서 다시 생각해 보라는 것처럼 휴대폰 진동이 울렸다. 선배 기자 김치수였다.

"이 시간에 무슨 일이에요?"

(해장국 시켜 주고, 돈 만 원까지 챙겨 주고. 이거 뭐 날개 없는 천사구만?)

"헛소리할 거면 끊어요. 나 바쁘니까."

(망해 가는 사이트 기자가 뭐 바쁠 일이 있어?)

"안 망하게 하려고 용쓰니까 바쁘지!"

(너, 마왕 특집 기사 쓰려고 그러냐? 에이, 망하면 망했지! 남들 다 쓰는 기사는 쓰지 말자니까!)

하여간 이 양반, 자존심만 강해서 큰일이다.

정유미는 한숨을 푹 내쉬며 말을 받았다.

"다이아 수저 물고 태어나서, 골목 상권까지 다 털어 가는 대기업 3세보다야 낫지 뭘 그래요?"

(누가?)

"마왕이요! 적어도 그 사람은 자기 힘으로 여기까지 온 거잖아요. 요즘같이 암울한 시대에 이 정도면 청년들에게 귀감이 되는 사연 아니에요?"

(진짜 기삿거리는 따로 있다니까. 한국이 낳은 대천재…….)

"시끄럽고! 우리가 마왕 관련 특종 하나만 하면! 우리 다시 살아날 수 있거든요? 그럼 그동안 추적해 왔던 나쁜 놈들 비리, 중도 포기 없이 끝까지 밀어붙일 수 있는 거라구요!"

(마왕 기사 하나 쓴다고 그게 되겠어?)

"마왕의 인터뷰쯤 따 봐요. 국내뿐만 아니라 세계적으로 난리 난다니까요. 기획 기사로 연재라도 들어가면 광고 들러붙는 건 떼어 놓은 당상이고."

(인터뷰를 못 따니까 하는 얘기잖아.)

그것참, 답답하네

"되게 만들어야죠!"

통화는 그렇게 끝났다.

그 대단한 권력을 상대로도 굽힐 줄 모르던 양반이 세상 풍파 겪다 보니 겁 참 많아졌다.

씩씩대던 정유미는 휴대폰을 재킷 주머니에 집어넣고는 당당한 걸음으로 계단을 올랐다.

고개를 숙여야 하는 천장 높이 하며, 아랫단이 다 녹슨 철문까지.

일단 외형은 취재가 쉽지 않을 거라고, 겁을 주는 듯했다.

'내가 언제는 뭐, 대접받아 가며 취재했냐?'

탕탕탕!

정유미는 거침없이 철문을 두드렸다.

이윽고 안에서 이상한 사투리가 들리는 듯싶더니 거대한 덩치의 남자가 문을 열었다.

그래, 넥씨 사옥에서 봤던 수상한 인간, 딱 그 사람이었다.

"이 문턱 넘으면 남들과 다른 인생이 펼쳐질지도 모르는디, 괜찮으시겄어요?"

"예? 그게 무슨 소리예요?"

"남의 돈 한 푼이라도 빌리믄 원래 공기부터 무거워져 부는디. 어째 슬쩍 만만히 보고 오신갑네?"

김필중이 특유의 능글맞은 표정을 지은 다음이었다.

"하기야 누가 돈을 좋아서 빌리남? 상황이 그리로 인도하니께 그런갑다, 하는 거지."

애먼 말을 우르르 풀어놓은 김필중은 문을 활짝 연 다음, 고개를 돌려 권경우를 바라보았다.

"경우야, 손님 오신 겨. 봉지 커피 진한 걸로 두 개만, 후딱."

"막내 있는데 왜 저한테만 심부름을 시켜요!"

"물 조절은 네가 잘하잖여!"

"봉지 커피 물 타는 게 다 거기서 거기지!"

"저런 거 신경 쓰덜 마시고, 이리로, 이리로."

권경우가 커피포트에 물을 올리는 동안, 김필중은 정유미를 소파 쪽으로 안내해 주었다.

정유미는 사무실 내부를 빠르게 훑어보았다.

푹 꺼진 소파부터 유리가 다 깨진 소파 테이블 하며, 아귀가 안 맞는 캐비닛까지. 빛이 바래다 못해 페인트칠이 다 벗겨진 벽은 그냥 애교로 봐줄 지경이었다.

'근데 천용진은 어디 있는 거지?'

권경우의 뒤로 각진 머리의 박형식이 보였는데, 천용진의 모습을 좀처럼 찾을 수가 없었다.

이 위중한 시기에 허탕이라도 쳤단 말인가?

정유미가 불안한 표정을 지을 때였다.

솨아아아!

재래식 변기 특유의 시원한 물소리가 들렸고, 곧 화장실 문이 열렸다.

큰 덩치에다 특유의 느끼한 눈빛까지, 천용진이 틀림없었다.

정유미는 그제야 안심한 얼굴로 소파에 앉았다.

이렇게 깊이 꺼져서는 여기 앉는 게 무슨 의미가 있는가 싶기도 했지만, 지금은 그런 거야 아무래도 상관없었다.

"딱 봐도 돈이 없어 뵈네. 부족혀. 지금 금전적으로 많이 쪼들려."

뒤따라 앉은 김필중이 무슨 점쟁이 같은 소리를 해 댔다.

권경우가 종이컵을 두 사람 앞에 놓아 주자, 김필중은 다시 눈을 빛냈다.

"얼마나 필요혀서 오셨을까?"

"저, 기자입니다. 마이 뉴스의 정유미라고 해요."

힘 있는 재벌들한테 하는 게 잠입 취재다.

이런 평범한 사람들한테까지 손님인 척, 신분을 속이고 취재를 하고 싶은 마음은 없어서 신분을 밝힌 거였다.

"기자 양반들도 돈 필요허지. 그래서 얼마믄 되까?"

그러나 김필중의 반응은 너무 예상 밖이었다.

"아니, 나는 돈 빌리러 온 게 아니라니까요?"

"응? 그믄 여긴 왜 온 겨?"

"기자로서 묻고 싶은 게 있어서 왔죠!"

그제야 김필중은 박형식 쪽을 돌아보았다.

"확 던져 버릴까요?"

"형식이 중국 다녀온 뒤로 너무 대륙 스타일 아녀?"
"죄송합니다."

걸걸한 소리로 거친 말을 쏟아 내자 정유미는 등골이 오싹해졌다. 그래도 기자 가오가 있지, 절대로 내색은 하지 않았다.

"잠깐만, 기자면 어디 신문에서 나온 겨?"
"신문은 아니구요. 독립 언론이에요. 마이 뉴스라고."
"응? 처음 들어 보는디?"

김필중은 박형식과 권경우, 천용진을 차례로 돌아보았다. 아는 사람 있으면 손이나 들어 보라는 의미였는데, 신문 좀 들여다본 천용진마저도 고개를 저을 정도였다.

"에잇! 더러워서 특종을 하든가 해야지!"

인상을 팍 쓴 정유미의 시선이 다시 김필중에게 향했다.

"보아하니까 산전수전 다 겪은 역전의 용사들만 모이셨네. 기자라고 인상 쓰고 협박해 봐야 씨알도 안 먹히겠다. 그죠?"

"우리가 고객님 아니믄 원래 좀 빡빡하게 구는 경향이 있는 겨!"

"막말로, 내가 뭐 형사님, 검사님들처럼 강제성이 있는 거도 아니고, 무슨 주류 신문처럼 공신력이 있는 거도 아니잖아요. 그래도 기사는 써야겠는데, 내 얘기 들어 주는 데는 없고."

"왜 갑자기 찾아와서 슬픈 이야길 하고 그려?"

"이 정도 인간적인 교감을 나눴으면 양심적으로 기삿거리 하나는 주십시다. 천용진 부사장님쯤 되시면 마왕 관련된 일 빠삭하게 아실 텐데."

느닷없이 자신의 이름이 불리자 천용진이 눈썹을 꿈틀거렸다. 하지만 역전의 용사답게 그는 능숙하게 표정을 지워 냈다.

그건 김필중이나 박형식 모두 마찬가지였다.

다만 표정 관리에 자신이 없는 권경우는 화장실을 가는 척 조용히 자리를 피해 버렸다.

"나처럼 공익을 위해 뛰는 기자들은 선량한 시민분들의 제보를 먹고살거든요."

"어딜 봐서 우리가 선량해 보이는 겨?"

"내가 기자 하루 이틀 한 것도 아니고, 딱 보면 알아요. 모범 시민들이시네."

선량하단 말이 이렇게 기분 나쁜 단어일 줄이야.

"정보를 그냥 주기 아까우면 딜을 좀 하시던가요. 너무 모르쇠로 일관하면 반쯤 알고 온 나도 빈정 상하지 않겠어요?"

"이야, 이 언니 뻔뻔허네. 완전 여자 김필중이여."

"내가 지금은 마이 뉴스 소속이지만, 선배들은 MBS에 쫙 깔렸거든요? 뭘 원하는지 일단 좀 얘길 해 보자니까요?"

정유미는 소파에 더 편하게 앉았다.

박형식의 말마따나 창밖으로 집어 던지면 합의금 조로 정보를 얻어 갈 생각이었다.

'부라더 일로는 입도 뻥끗할 수 없는 겨!'

'형님! 제 생각도 같습니다! 근데 괜히 끌어내다가 성추행이다 뭐다 일만 키울 거 같은데, 어떻게 하는 게 좋을까요?'

김필중과 박형식이 눈으로 의견을 주고받는 동안에도, 정유미는 뻔뻔한 얼굴로 사무실을 돌아보았다.

↩

띠링!

비델이 시전한 저주의 형상이 머리 위로 떠올랐다.

강철의 머리를 집어삼키려는 것처럼 뿔 달린 악마가 입을 쩍 벌렸다.

몸이 무겁다고 느낀 직후였다.

콰아아아아!

스피츠가 내뱉은 브레스가 강철을 집어삼킬 듯 날아들었고,

휘이이이익!

레비아탄이 휘두른 꼬리가 머리를 노리고 쏘아져 들어왔다.

「아리엘! 하오! 난 신경 쓰지 말고 비델을 노려!」

촤아아아악!

강철은 메시지를 날림과 동시에 위로 튀어 올랐다.

꼬리는 가까스로 피했지만, 브레스까진 어쩔 수가 없었다.

'젠장!'

스피츠의 브레스다. 레비아탄의 그것과는 감히 비교가 안 되는 위력이었다.

콰아아아아!

강철의 마음을 읽기라도 한 것처럼 레비아탄이 성을 내며 브레스를 뿜어 댔다.

'여기서 내가 몸을 빼면! 아리엘과 하오에게 포커스가 맞춰질 거야!'

으드득!

강철은 이를 악물며 스피츠를 향해 몸을 날렸다.

불구덩이에 몸을 던지는 일이다.

스피츠에게 가까워질수록 온몸이 불길에 찢겨 나가는 것처럼 괴로웠다.

터져 나오려는 비명을 이 사이로 틀어막으며, 강철은 오로지 스피츠의 주둥이만 노려봤다.

'한 방이다. 여기서 실수하면 그대로 끝이다!'

강철은 사이드를 쥔 손에 온 힘을 집중시켰다.

쐐애애애액!

금빛 아우라가 사방으로 뻗어 나갔고, 곧 강철의 손끝으로 시원한 손맛이 전해졌다.

푸슈- 웃!

스피츠의 주둥이에서 커다란 피가 솟구쳤다. 그러나 스피츠는 곧 강철을 향해 머리를 휘둘렀다.

부우우웅! 콰앙!

강철의 몸이 공중에서 휘청이자, 그 틈을 노리고 레비아탄의 꼬리가 다시 날아들었다.

퍼억! 쿠구구구궁!

강철의 몸이 땅에 처박혀 버렸다.

그 뒤로는 강철이 우려했던 상황이 이어졌다.

스피츠와 레비아탄, 비델의 공격이 하오와 아리엘을 차례로 공략해 버린 거였다.

전투는 그렇게 끝났다.

"하아."

HP가 바닥이었다.

강행군 때문인지 몸을 일으키는 데만도 꽤 많은 체력이 소모됐다.

'염병할.'

변명의 여지가 없는 패배였다.

조금만 매서운 공격을 해냈다면 승부가 어떻게 됐을지 몰랐을 텐데.

강철이 스스로를 나무라는 순간이었다.

《훌륭한 일격이었어.》

그러나 스피츠는 강철의 생각과는 조금 다른 의견을 내놓았다. 과연 그 말을 증명이라도 하듯 스피츠의 콧잔등에선 계속 핏물이 흘러내리고 있었다.

《마지막 공격 때 마왕이 스태프의 힘을 폭발시켰다면? 승부는 달라지지 않았겠나?》

강철은 의미 없는 가정 따위 좋아하지 않는다.

패배가 쓰면 쓸수록, 같은 일이 반복되지 않도록 더욱 처절하게 덤비는 게 강철의 스타일이었다.

"아무튼, 스태프의 힘을 활용해야 포비든의 블러드 아머를 뚫을 수 있다는 거잖아?"

《그렇게 된다면야 더할 나위 없을 걸세.》

결국 지금 이대로는 안 된다는 소리다.

버프의 발동 조건을 알아내야 답이 있다는 뜻인데.

그 와중에 아리엘과 하오가 강철을 향해 다가왔다.

그들은 명령을 바란다는 것처럼 강철을 바라보았다. 누가 뭐래도 이 배의 선장은 강철이라는 눈빛이었다.

'그래, 내가 중심을 잡아야 한다.'

강철은 결심이 선 것처럼 무겁게 고개를 끄덕였다.

"아리엘."

"예!"

"스피츠가 준 퀘스트부터 해결하자. 3일이면 되겠지?"

"3, 3일이요?"

"해내야 돼."

강철의 눈이 달라졌다는 걸 느꼈을까.

"알겠어요. 어떻게든 해 볼게요."

아리엘이 각오가 담긴 답을 내놓자 강철은 즉시 시선을 옮겼다.

"하오는 약점을 보강할 거야."

"약점? 내가?"

"체력전으로 가면 판단력이 급격히 떨어져. 그건 템으로도 극복할 수 없는 문제야."

하오는 본인에게 그런 약점이 있다고는 한 번도 생각해 본 적 없는 눈치였지만, 강철의 분석이 그렇다니 이내 고개를 끄덕였다.

"스피츠, 그에 맞는 퀘스트를 만들어 줄 수 있지?"

《가능하네.》

강철은 마지막으로 비델을 바라봤다.

"버프와 디버프를 스위칭하는 속도가 너무 느려. 그 틈을 좁히지 않으면 사사키의 대역으로 실격이야."

"아, 네!"

자기 이름까지 불릴 줄은 몰랐던지 비델이 황급히 대꾸했다.

"그건 레비아탄과 훈련하면서 극복해 내."
"예!"
이제 남은 건 선장인 강철뿐이다.
"내 훈련은 스피츠가 직접 도와줘야겠는데?"
《나야 영광일세.》
그래, 얼추 정리됐다.
'누가 뭐래도 이건 내 싸움이다.'
 강철은 한층 더 독해진 눈으로 아공간 어딘가를 노려보았다.

제10장

최악이구만

렙업하는 마왕님

강철은 팀의 리더다.

그가 원한 건 아니지만, 어느 순간부터인가 모두가 강철을 중심으로 모여들었다.

강철은 스스로를 좋은 리더라고 생각해 본 적 없다.

상황이 그렇게 만들어진 탓에 그 역할을 수행하곤 있지만, 원래 혼자가 익숙한 강철에게 결코 편한 자리는 아니었다.

그래서 강철은 리더의 덕목 하나만이라도 지켜 내자고 다짐했다.

'최전방에 서되, 결코 물러서지 않는다.'

촤아아악! 쐐애애액!

누구보다 열심히 사이드를 휘두르는 것만이, 강철이 동료

들을 위해 할 수 있는 전부였다.

"말려야 하는 거 아닌가 모르겠네."

하오가 동의를 구하는 것처럼 아리엘과 비델을 돌아보았다.

아리엘과 하오, 비델에다 레비아탄까지, 그들은 일렬로 앉아서 강철과 스피츠의 대결을 지켜보는 중이었다.

그들 모두 몸이 움직이지 않을 때까지 훈련하였다.

물론 같이 시작한 데다, 몇 배는 더 훈련 강도가 셌던 강철은 아직 사이드를 쥐고 있지만 말이다.

"동생이지만 진짜 대단하긴 하네."

보는 내내 감탄이 터져 나오는 건 그 때문이었다.

쐐애애액! 서거거겅! 쐐애애액! 그그그긍!

스피츠의 빈틈을 파고든 사이드가 제대로 불을 뿜었다.

강철은 확실히 강했다.

엄청난 훈련량과 실전 경험에, 20강 사이드를 얻은 것까지 더해지자 하오도 혀를 내두를 만큼 강력해진 게 사실이었다.

하지만 스피츠는 강해도 너무 강했다.

휘이이익! 퍼억!

허공을 찢듯이 날아온 꼬리에 몸을 정통으로 맞은 강철이 바닥에 처박혀 버렸다.

전투 불능 상태가 분명해 보이는데도,

콰아아아아!

스피츠는 강철이 쓰러진 곳에다 브레스를 뿜어 댔다.

촤아아아악!

놀라운 건 강철도 억지로 날갯짓을 해 가며 그걸 꾸역꾸역 피해 냈다는 사실이었다.

"세상에!"

그 모습을 지켜보던 비델이 놀라 소리를 내질렀다.

거기서 끝이 아니었다.

어디서 저런 힘이 나는지, 강철은 다시 스피츠를 향해 몸을 날렸다.

이미 몸이 말을 듣지 않는 듯이 보였는데도 강철은 온전히 스피츠의 목에 시선을 고정시키고 있었다.

그 순간부터는 누구도 이 전투에 관해 입을 열지 못했다. 강철의 투지를 넋을 잃고 지켜보는 게 전부였다.

콰아아아아! 촤아아아악!

브레스가 허공을 뒤덮은 상황이었다. 그러나 강철은 사방으로 몸을 틀며 거리를 좁혀 나갔다.

온몸이 타들어 가는 고통은 오래전에 느꼈다.

막혀 버린 숨을 뚫으려는 듯 강철이 사이드를 휘두르려는 순간이었다.

화아아아악!

강철의 심장에서 거대한 빛이 줄기줄기 뿜어져 나왔다.

스태프의 힘이 터져 나온 거였다.

그렇게 뻗어 나간 일격은,

쐐애애애애애애액!

스피츠의 브레스를 단박에 찢어발기며 스피츠의 배에 깊은 상처를 남겼다.

크아오!

스피츠가 커다랗게 비명을 토해 냈다.

이미 뻗은 공격이라 거두지는 못하고, 목을 향해 뻗던 걸 배에 그은 게 고작이었다.

"하아! 하아!"

강철은 그대로 깊은숨을 토해 냈다.

기대하지 않았던 타이밍에 버프가 터져 나왔다.

지금은 기본 실력으로 끝까지 싸워 보고 싶었는데.

촤르륵!

언제 왔는지 레비아탄이 스피츠를 향해 치유 마법을 걸어 주었다.

타다다닥!

다음으로 달려온 비델이 강철을 향해 손을 뻗었다.

회복 마법을 걸기 위함이었는데, 고개를 저은 강철은 이내 눈짓으로 스피츠를 가리켰다.

결국 레비아탄과 비델이 붙어 스피츠의 회복을 도왔다.

훈련의 여파 때문인지 아리엘과 하오는 무거운 몸을 이

끌고 가장 늦게 왔다.

둘은 당연히 강철의 상태부터 살폈다.

버프 효과 때문에 당장은 힘이 넘쳐 보여도, 축적된 피로까지 감출 수는 없는 노릇이었다.

"쉬어요, 이제."

"세계 최고의 기업도 좋지만, 멀쩡한 동생 잡아 가면서 이러는 건 아닌 거 같아. 일단 쉬자, 좀."

당장에라도 쓰러질 거 같은 얼굴로 할 말은 아니다만, 강철의 심장은 정말이지 간만에 격하게 두근대는 중이었다.

'재밌다.'

이 느낌이다.

힘이 하나도 없는 몸으로 불구덩이에 뛰어들고, 채찍질처럼 날카로운 육탄 공격을 꾸역꾸역 피해 내며 사이드를 휘두르는 쾌감이라니.

스스로를 한계치까지 몰아붙이는 재미, 그 벽을 넘으려고 발버둥을 치는 기쁨, 이건 그 무엇으로도 대신할 수 없는 감정이었다.

쿵쾅쿵쾅!

강철은 이 짜릿함을 정말이지 오랜만이었다.

스피츠의 몸만 멀쩡했다면 당장에라도 승부를 이어 가자고 조르고 싶을 정도였다.

그런 마음을 알 리 없는 아리엘과 하오가 여전히 걱정 어린 시선을 보낼 때였다.

번쩍!

치료를 받던 스피츠가 급작스레 고개를 치켜들었다.

그는 무언가를 찾는 것처럼 빠르게 주위를 훑어보기 시작했다.

무슨 위협이라도 감지한 것처럼 급작스러운 움직임이었다.

뒤이어 레비아탄도 똑같은 반응을 보였다.

왜 이러는 거지?

강철이 의아한 눈으로 그들의 시선을 따라갔다. 아리엘과 하오, 비델도 놀라 얼른 주변을 살핀 직후였다.

띠링!

느닷없이 시스템 알림음이 터져 나왔다.

너무 뜬금없는 타이밍이라 다들 놀랄 법한 상황인데도, 아리엘이나 하오 모두 아무런 표정 변화를 보이지 않았다.

'뭐지? 나만 뜬 건가?'

강철은 즉시 시스템창을 열어 보았다. 그러자 곧 번쩍이는 퀘스트창을 발견할 수 있었다.

[응답하지 않는 그대에게]

새로운 퀘스트였다.

특별히 뭘 받을 만한 일을 한 기억이 없는데, 갑자기 무슨 퀘스트란 말인가.

강철은 바로 스피츠에게 물었다.

"나한테 지금 퀘스트가 하나 떴는데, 스피츠가 준 건 아니지?"

아직 긴장을 풀지 않은 얼굴의 스피츠가 강철을 향해 황급히 고개를 돌렸다.

《퀘스트? 그런 일 없네, 전혀.》

"그럼 갑자기 이건 뭐지?"

《그러니까, 마왕의 말은 방금 퀘스트가 부여됐다는 말인가?》

"스피츠가 움직이고, 레비아탄까지 반응한 뒤에 시스템 알림음이 울렸어. 그러고는 퀘스트가 떠올랐는데?"

《내가 느낀 불길함이 혹시 그것 때문인가.》

스피츠까지 저런 말을 하자, 갑자기 복잡한 일에 말려드는 게 아닌가 싶은 생각이 들었다.

뭐, 그거야 퀘스트 내용을 읽어 보면 확실히 알 일이다.

강철은 일단 퀘스트창에 떠 있는 '공유' 버튼을 눌렀다.

이제 강철이 보는 화면을 여기 있는 모두가 확인할 수 있을 거였다.

[이 세계의 구원자]

대마법사 리안일세. 나는 평생 이 세계의 구원자를 기다려 왔지. 그리고 자네를 발견했네. 자네는 내게 그 구원자임을 증명할 의향이 있는가?

퀘스트 조건:어둠의 나라를 괴롭혔던 '틈'에 진입하여 이 세계의 혼란을 종식시키시오.

1인 퀘스트입니다. 파티 플레이가 불가능합니다.

로그아웃 시 퀘스트가 종료되며, 재도전이 불가능합니다.

페널티 퀘스트입니다.

퀘스트 실패 시 착용한 모든 장비가 해제되며, 재착용이 불가능합니다.

퀘스트 보상:레비아탄의 '격노' 스킬 획득

'격노' 스킬 획득 시 스태프의 힘이 개방됩니다.

연계 퀘스트입니다. (1/3)

기존 단계(1/3)만 완료해도 보상이 주어집니다.

페널티 퀘스트에, 로그아웃도 못하고, 착용한 템을 다 날린다고?

퀘스트 한번 살벌하구만.

스피츠와 레비아탄은 물론이고, 아리엘과 하오, 비델까지 놀란 눈으로 강철을 돌아보는 앞이었다.

《이런 위험한 퀘스트가 있다니.》

강철이 느낀 감정을 스피츠가 고스란히 입으로 뱉어 냈다.

위험하긴 한데, 퀘스트 보상은 죽여줬다.

네메시스에게 퀘스트를 받던 때와 비슷하다고 생각한 순간, '띠링!' 하고 또다시 시스템 알림음이 터져 나왔다.

 퀘스트인가 싶었는데, 이번엔 송재균이 보내온 메시지였다.

「강철 씨, 퀘스트를 확인하고 바로 연락드렸습니다.」

「이건 뭐죠? 오류 같은 건가요?」

「예. 대마법사 리안이라는 이름이 등장하는 걸 보면, 가로쉬에서 넘어온 데이터가 말썽을 부리는 모양입니다. 무슨 일인지 확인한 뒤에 조치를 취하도록 하겠습니다.」

「개발자님, 이거 그냥 진행해 봐도 괜찮을 거 같은데요?」

「예?」

「누가 뭐래도 저에게 꼭 필요한 보상이니까요.」

 송재균이 느끼는 부담감이야 잘 알고 있다.

 에러로 발생한 퀘스트다 보니, 송재균이 직접 통제할 수 없는 걸 걱정하는 건 당연했다.

「그런데요, 개발자님. 언제까지 도망만 다닐 수도 없는 노릇이잖아요. 얻을 게 없는 것도 아니고, 아침에 확 부딪쳐서 해결해 버리는 게 좋을 거 같은데요? 더구나 틈을 닫는 거라잖아요.」

 쿵쾅쿵쾅!

 간만에 게임을 하는 기쁨에 심장이 뛰던 참이다. 이런 알맞은 먹이를 그냥 놓치고 싶은 마음은 없었다.

 물론 송재균이 위험하다며 반대 의사를 표한다면 고집 부릴 마음은 없지만 말이다.

강철은 가만히 송재균의 답을 기다리고 있었다.

※

포비든은 어둠 속에서 깊은 숨을 토해 냈다.

"오늘 훈련은 여기까지."

그 말이 떨어지자 요란한 굉음과 함께 알파런이 물러났다.

알파런의 수준을 40퍼센트대까지 낮추자 그나마 훈련이 가능해졌다. 물론 그마저도 맞서 싸울 수 있게 됐다 뿐, 알파런에게 승리를 거둔 적은 단 한 번도 없었다.

'저 괴물이 100퍼센트의 힘을 발휘하면 도대체 얼마나 강하다는 거야?'

어둠에 파묻힌 알파런을 보며 포비든은 몸을 가늘게 떨었다.

테라와 사사키는 먼저 접속을 종료한 상황이다.

개인 훈련을 이어 가려던 포비든조차 너무 지쳐 종료 버튼을 누르려던 순간이었다.

띠링!

익숙한 소리와 함께 시스템창이 번쩍였다.

어둠의 나라의 시스템을 활용할 수 있도록 스킨 패치를 마친 탓에 포비든은 익숙하게 시스템창을 열었다.

"퀘스트?"

번쩍거리는 퀘스트창까지 연달아 연 다음이었다.

[이 세계의 구원자]

대마법사 리안일세. 나는 평생 이 세계의 구원자를 기다려 왔지. 그리고 자네를 발견했네. 자네는 내게 그 구원자임을 증명할 의향이 있는가?

퀘스트 조건:30퍼센트의 알파런을 상대로 홀로 승리를 쟁취하라.

1인 퀘스트입니다. 파티 플레이가 불가능합니다.

페널티 퀘스트입니다.

3일 이내 퀘스트 성공 불가 시 모든 장비가 해제되며, 재착용이 불가능합니다.

실패 시 재도전이 불가능합니다.

퀘스트 보상:1차 각성

연계 퀘스트입니다. (1/3)

기존 단계(1/3)만 완료해도 보상이 주어집니다.

그깟 템 좀 날리는 거, 포비든 입장에서 두려울 것도 없다. 얼마가 들던 또 사면 그만이니까.

그래서 포비든은 보상에만 집중했다.

"각성이라고?"

가로쉬로 넘어와서 처음 받는 퀘스트였기에, 혹시 류샹이 손을 쓴 건 아닌가 하고 메시지창부터 열었다.

「당신이 준 거야? 이 퀘스트?」

느닷없는 귓말이었는데도 답장은 바로 돌아왔다.

「류샹입니다. 시스템 오류로 파악하고 있습니다. 퀘스트 수락을 하지 말아 주시면 감사하겠습니다.」

「보상이 죽여주는데도?」

「말씀드렸듯, 시스템 오류입니다. 퀘스트를 완료해도 보상이 주어지지 않을 수 있습니다.」

「보상이 없을 수 있다고?」

「예. 오류로 생겨난 거다 보니 보상을 획득할 거란 보장이 없습니다. 괜한 시간 낭비가 될 확률이 높다는 뜻입니다.」

「그래? 그렇단 말이지.」

바로 그 순간이었다.

띠링!

[퀘스트를 수락하셨습니다.]

[퀘스트 완료 시 보상이 지급됩니다.]

「오류라기에 수락도 안 될 줄 알았는데. 뭐야, 되잖아?」

포비든이 시치미를 뚝 떼고 던진 말이었다.

얼굴에 얼핏 보이는 미소는 그의 진심이 무엇인지 말해

주고 있었다.

콰앙!
류샹은 키보드를 주먹으로 내리쳤다.
"젠장! 젠장! 젠장!"
게임을 닫아 버리겠다고 선전포고를 했던 놈이 리안이다.
그런지 얼마나 됐다고 갑자기 튀어나와서는 또 이상한 퀘스트를 던지고 만 거였다.
게다가 오류라고 그렇게 말렸건만, 포비든은 그걸 또 덥석 받아 버렸다.
콰앙! 콰앙!
류샹은 굳은 얼굴로 책상을 또 내리쳤다.
"정말 어둠의 나라로 넘어가서 그 파편을 구하는 거 말곤 방법이 없는 건가?"
류샹은 매서운 눈으로 모니터를 노려보았다.

책상에 앉은 송재균은 모니터를 보며 머리를 움켜쥐었다.
가로쉬에서 추가로 넘어온 데이터는 없다.
그런데도 이런 퀘스트가 생겨났다는 건, 기존에 오염된 부분들이 문제를 일으키는 게 분명했다.
'이 퀘스트를 강철 씨가 수행한다고?'
아무래도 위험하다는 생각에 송재균이 고개를 저은 그

때였다.

삐이이이이익!

스피커에서 느닷없는 소음이 터져 나왔다.

[플레이어 '포비든'에게 확인되지 않은 퀘스트가 주어졌습니다.]

[포비든이 퀘스트를 수락하였습니다.]

분명 포비든은 가로쉬에서 강철의 데이터와 훈련 중이다. 그런데도 왜 어둠의 나라에 메시지가 날아드는 거지?

순간 송재균의 표정이 딱딱하게 굳어 버렸다.

이런 일이 왜 벌어지는지는 알 수 없다.

그러나 눈앞에 있는 상황만 봐도 송재균이 모르는 무언가가 두 게임 사이를 옭아매고 있다는 사실만은 분명해 보였다.

송재균은 일단 전화기를 집어 들었다. 수신자는 김택수였다.

꙳

송재균이 브리핑을 모두 마치자 김택수의 표정은 몹시 어두워졌다.

"그러니까 어둠의 나라와 가로쉬가 얽혀 있다는 말씀이십니까?"

"맞습니다."

"그 증거가 포비든이 가로쉬에서 받은 퀘스트가 어둠의 나라까지 보고된다는 거구요?"

"그렇습니다."

"하아."

김택수는 깊은 한숨을 내쉬고는 다시 말을 이었다.

"그 말은 가로쉬에 이상이 생기면 우리 게임에도 문제가 생길 수 있다는 말씀이잖습니까?"

"두 게임이 뒤엉켜 있는 상황이니 그럴 수밖에 없습니다. 아무래도 동종 코드를 공격하는 특성 때문인 거 같은데, 원천 소스를 가로쉬가 쥐고 있는 한 정확한 원인을 파악할 길은 없습니다."

"그들에게 코드를 요구하는 건 어떻습니까?"

"강창모 선생의 작품을 도용한 사람들입니다. 코드를 제공하는 건 그 사실을 만천하에 드러내는 꼴이니 절대 받아들이지 않을 겁니다."

"그럼 역시 방법은……."

"강철 씨가 퀘스트를 수행하는 일밖에 없습니다."

또 강철이라니.

갑갑한 표정의 김택수를 향해 송재균은 조심스레 입을 열었다.

"어둠의 나라와 가로쉬는 무엇으로부턴가 통제를 받고

있습니다. 그게 인공지능인지, 프로그램인지 정확히 알 수는 없습니다만, 리안이란 NPC가 중재자 역할을 하고 있단 것만은 확실해 보입니다."

"강철 씨에게 부여된 퀘스트도 리안이 준 거라고 했었습니까?"

"예."

"이 모든 게 마치 오래전부터 진행된 일처럼 느껴지는군요."

"그럴지도 모릅니다. 스피츠가 독자적인 행동을 보이며 무언가를 조사하기 시작한 지도 꽤 됐으니까요."

"그럼 스피츠는 이 모든 걸 미리 감지했다는 말씀이십니까?"

"어렴풋이는 짐작하고 있던 걸로 보입니다."

두 사람의 대화가 거기까지 가 닿은 다음이었다.

"일단 강철 씨를 만나 봐야겠습니다."

김택수는 무거운 얼굴로 말을 맺었다.

비서가 문을 열어 주자, 강철은 의장실 안으로 걸음을 옮겼다.

나란히 앉아 있던 김택수와 송재균이 자리에서 일어섰는데, 두 사람 모두 표정이 별로 좋지 못했다.

퀘스트 하나 수락하는데 의장의 답까지 있어야 하나?

강철은 일단 김택수의 맞은편에 앉았다.

지금 같은 상황에서 이런저런 얘기를 주고받는 것도 웃겨서 강철은 단도직입적으로 입을 열었다.

"퀘스트 때문에 보자고 하신 건가요?"

"맞습니다."

역시나 대답은 김택수가 했다. 자연히 강철의 시선도 그쪽으로 고정되었다.

"설명하자면 너무 긴 얘기입니다만, 우리 어둠의 나라 또한 가로쉬의 영향을 받습니다. 거기서 파생된 퀘스트일 거라 판단하고 있습니다."

강철은 가만히 다음 말을 기다렸다.

"그러다 보니 이 퀘스트가 어떤 건지 확인하기가 쉽지 않습니다. 이걸 받아들이게 되는 경우, 앞으로 어둠의 나라가 어떤 상황에 처할지는 아무도 모릅니다."

"그렇게 걱정되시면 굳이 진행하지 않으셔도 괜찮아요. 저야 그 보상 말고도 더 강해질 자신이야 얼마든지 있으니까요."

간만에 게임하는 기쁨으로 심장이 쿵쾅대던 참이다.

지금 같아서는 어떤 방법을 가져다 놔도 다 해낼 수 있다는 확신도 들었다.

"강철 씨 생각은 어떠십니까?"

"말씀드렸잖아요. 더는 게임 시스템에 휘둘리지 말고, 이참에 해결해 버리고 싶은 게 제 마음이에요."

"저도 그렇습니다."

김택수가 강철의 의견에 동조하고 나섰다.

그런데도 망설인다는 건 위험 요소 때문에 그러는 건가?

강철은 김택수와 송재균을 번갈아 바라보았다.

"회사 일은 잘 몰라요, 저는. 그래서 안전하게 가려는 거 존중해요. 근데 저한테 선택권이 주어진다고 하면, 전 이럴 때 무조건 도전해요. 벽을 만나면 타 넘든가, 그게 안 되면 확 부숴 버려서라도 통과해 버려요. 그게 제 스타일이거든요. 상황 봐서 나중에 해 보자? 전 그럼 그날부터 잠 못 자요."

강철의 말이 김택수를 자극했을까. 순간 김택수의 눈에 부쩍 힘이 들어갔다.

"저도 퀘스트 내용을 확인했습니다. 페널티 퀘스트더군요. 로그아웃 불가에, 실패 시 템까지 다 날리는 조건입니다. 그렇게 날아간 템은 개발진이 나서도 복구가 불가능한 걸 확인했습니다. 그래도 하시겠습니까?"

"한다니까요?"

"왜 그렇게까지 하시는 겁니까?"

김택수가 납득할 만한 답을 원한다는 것처럼 강철을 바라봤다. 그 대답이 망설이는 김택수 본인마저 설득시켜 주길 기대하는 표정이었다.

그러나 강철의 답은 생각보다 간단했다.

"최전방에 서되, 결코 물러서지 않아야 되니까요."

"예?"

강철이 지키고자 하는 리더의 덕목이었는데, 김택수가 그 말뜻을 알아들을 리 없었다.

"피할 마음이 없을 뿐이에요. 물론 해낼 자신도 있구요."

"하······."

김택수는 정말 놀란 표정이었다.

저 말은 허세가 아니다.

강철은 충분히 포기할 수 있던 아버지의 빚을 꾸역꾸역 갚은 사람이니까.

벽이 왔을 때 피하지 않는다는 말과 최전방에 서서 물러나지 않겠다는 발언은 그래서 더 진실하게 느껴졌다.

"후우."

진심으로 감복한 얼굴의 김택수는 깊은 한숨과 함께 입을 열었다.

"강철 씨, 어둠의 나라와 가로쉬 사이에는 알 수 없는 힘이 작동하고 있습니다. 우리는 그 고리를 끊기 위해서라도 그 퀘스트를 수행해야 한다고 판단했습니다. 문제는 그 방식 자체가 강철 씨를 위험에 몰아넣는 일이라는 데 있습니다."

무슨 이야기를 하려는지 김택수는 고개까지 숙였다.

이 양반은 또 왜 이러는 거냐.

얼결에 같이 고개를 숙인 강철이 다시 김택수를 바라보

왔다.

"더는 부탁을 드리기도 난감한 상황입니다. 이제 우리는 강철 씨 판단에 따르겠습니다."

지금까지 도대체 뭘 들은 거지?

강철은 머리를 긁적이며 답했다.

"한다니까요?"

"쉬운 일이 아닐 겁니다."

그 일이 쉽지 않다는 건 김택수보다 강철이 더 잘 안다. 게임에 관련된 일이니까 당연하다.

아니, 힘들고 빡세도 불같은 도전 정신으로 해내겠다는데 걱정 좀 그만하라고!

그러나 김택수의 생각은 다른 모양이다.

"보상은 어떻게 해 드리면 되겠습니까?"

"지금까지 해 주신 것만으로도 충분하니까, 그런 건 천천히 생각하자구요. 아, 되도록 아리엘 여동생이 치료받는 거에 집중해 주시면 더 좋구요."

너무 쿨한 대답이었을까? 김택수의 얼굴이 감동으로 물들고 있었다.

"그건 제가 책임지고 처리하도록 하겠습니다."

여기서 더 길어지면 끈적한 눈빛들이 들러붙는다.

그럼 또 찬양 비슷한 게 이어지는데, 강철은 그런 거 딱 질색이었다.

"얘기 대충 끝났죠?"

강철은 후다닥 자리에서 일어났다.

김택수와 송재균이 동시에 일어서는 걸 보았지만,

쾅!

강철은 뒤도 돌아보지 않고 얼른 의장실을 빠져나가 버렸다.

강철이 방을 나서자마자 김택수는 제일 먼저 전화기부터 들었다.

"송지혜 양의 치료는 어떻게 되고 있습니까?"

(입원 치료를 시작했고, 지금 1인실에 모시고 있습니다.)

"당장 특실로 옮기세요."

(예? 비용을 송지윤 씨가 지불하신다고…….)

상대의 대꾸에 김택수는 고조된 목소리로 입을 열었다.

"오늘부로 모든 비용은 넥씨가 지불합니다. 최상의 치료를 받을 수 있도록 모든 걸 쏟아부으세요."

(예, 알겠습니다.)

수화기에 넘어온 목소리를 확실히 들은 김택수는 그제야 안심이 된다는 것처럼 전화기를 내려놓았다.

김택수의 방을 나선 강철은 제일 먼저 하오에게 향했다.

10분 정도 걸어야 하지만, 생각을 정리하기엔 딱 적당한 시간이었다.

퀘스트는 이계의 틈 속에 뭐가 있는지 말해 주지 않았다.

로그아웃 시, 퀘스트 실패라는 단서가 왜 있는지도 설명이 없었다.

단지 이걸 수행하면 얻을 수 있는 보상과 실패하면 얻게 될 페널티를 말해 줄 뿐이었다.

'간단해서 좋네.'

도박이나 마찬가지였다.

퀘스트 성패에 따라 프로모션의 결과가 판가름 날지 모르는 상황이라, 도박 소리 듣는 게 당연했다.

쿵쾅쿵쾅!

그런 생각을 하자 또다시 강철의 심장이 요동쳤다.

빨리 접속했으면! 그래서 그 어려운 문제를 후딱 해치워 버리고 싶었다.

생각을 정리하던 강철의 눈에 하오의 수행원들이 보였다.

그들은 일제히 강철을 향해 꾸벅 고개를 숙였다.

그중 문에 가장 가까이 서 있는 사내가 노크를 했고, 대꾸가 있자 문을 열어 주었다.

안에 들어서자 소파에 앉아 있던 하오가 강철을 보고는 자리에서 일어났다.

만나는 사람마다 다들 왜 저리 우중충한 얼굴인 건지.

"퀘스트 할 거야?"

하오는 대뜸 질문부터 했는데, 강철은 픽 웃음을 흘렸다.

"손님 대접이 뭐 이래? 커피도 하나 안 줘?"

"장린!"

"옙!"

하오의 명을 받은 장린이 익숙하게 봉지 커피 두 잔을 만들어 주었다.

"퀘스트는 어쩔 생각이야?"

하오는 아까 했던 질문을 또다시 던졌다. 꽤 중요하다고 여긴 모양이었다.

"해야지."

"역시 동생이야."

"걱정은 안 되고?"

"걱정될 게 뭐 있어. 템 날아가면 내가 지갑 열어다가, 풀템 맞춰 주면 되지."

아, 저렇게 생각하는 사람도 있구나.

강철은 또 웃음이 나왔다.

하기야 강철도 템을 잃는다는 것보다, 스킬을 배울 기회를 놓친다는 게 더 페널티처럼 느껴지던 참이어서 그랬다.

"그런데 웬일로 날 찾아왔어?"

"로그아웃하면 퀘스트 실패 조건이 붙어 있잖아. 내가 자리를 비우는 동안 해야 할 것들을 확실히 해 두고 싶어서."

"응? 자리를 며칠씩 비우는 것도 아니고, 끽해야 하루 좀 넘지 않을까? 잠이야 그렇다 치더라도, 화장실도 가야 할 텐데."

그건 일반적인 얘기라서, 독 오른 강철에겐 별 해당 사항이 없는 걱정이었다.

그러나 강철은 그에 따른 설명 없이 바로 입을 열었다.

"그때 했던 말 아직 유효해?"

"응?"

"가끔 부탁도 하고 살라며."

"좋지. 뭐든 말해 봐. 내가 다 들어줄게. 뭔데?"

부탁받는 사람이 뭐 그리 좋은지.

하오는 잃어버린 가족이라도 찾은 것처럼 싱글벙글이었다.

과연 이 부탁의 내용을 듣고도 저렇게 웃을 수 있을까.

강철은 아빠와 디퍼 사이에 있었을지 모를 일들을 확인해 보고 싶었다. 그래서 김필중과 천용진, 송재균이 했던 말을 차분히 전했다.

말 한번 끊지 않고 가만히 듣기만 하던 하오는 강철이 입을 닫은 순간, 기다렸다는 듯 말을 받았다.

"우리 메인 페이지를 해킹한 것도 디퍼였어. 그놈들이 느닷없이 우릴 왜 공격하나 했구만, 이제 조금 알 것도 같은데?"

갑자기 이건 무슨 뚱딴지같은 소리냐.

"디퍼의 정보력쯤 되면 동생의 신분 정도야 이미 파악하고 있을 거야. 안 그래도 예의주시했을 텐데, 나와 붙어 있으니 불안했겠지. 그래서 우릴 공격한 거 같은데? 허튼 일에 신경 끊고, 그만 본업으로 돌아가라 이거겠지."

하오는 강철의 말만 듣고 벌써 디퍼를 범인 취급하는 모양이었다.

"너무 성급하게 결론 내리는 거 아냐?"

"그거 말고는 디퍼가 우릴 공격할 이유가 없어. 오마존의 사주를 받고 움직일 만한 규모의 기업도 아니고 말이야."

거기까지 말한 하오는 제일 중요한 게 떠올랐다는 것처럼 강철을 바라봤다.

"그래서 동생이 하고 싶은 부탁이란 건 뭔데?"

"디퍼의 코드라는 게 정말 아빠 걸 뺏은 게 맞는지 알아봐 줘. 김필중이나 박형식에게 맡기기엔 너무 어려운 일이라 그래."

"그럼, 그 둘로는 안 되지."

당연하다는 듯 고개를 끄덕인 하오는 재빨리 말을 이었다.

"디퍼쯤 되면 남은 증거쯤 진작 지워 버렸을 거야. 아무리 전문가를 투입해도 당장 성과를 기대하기란 어려워. 그건 괜찮아?"

"물론."

"그래, 그럼 됐고. 처음엔 좀 망설이는가 싶더니, 갑자기 왜 그런 결심을 한 거야?"

"힘들 땐 손 내미는 거라며."

"그러니까 나 때문이다?"

어디 하오 때문이겠나.

아빠와 관련된 이야기를 듣고도 가만히 있을 수 없어서 그럴 뿐이다.

아직 확실한 게 없다면, 모든 게 확실해질 때까지 파 보겠노라 마음먹은 거였다.

"디퍼랑 싸우는 건데 겁은 안 나고?"

"조사 좀 해 달라니까, 싸움 붙일 생각부터 하는 거야?"

"그게 그렇게도 해석이 되는구만."

하오와 강철은 서로를 보며 작게 웃었다.

강철은 디퍼가 얼마나 큰지 감도 안 잡혔다.

무섭다면 뭐 때문에 무서워해야 하는지도 솔직히 잘 몰랐다.

모든 게 막연했다.

이럴 땐 단순한 게 최고다.

벽이 나타나면 타고 넘어가거나, 깨부숴야 한다. 눈치 보다 돌아가는 건 아무래도 강철 스타일이 아닌 거다.

제아무리 디퍼라 해도 예외는 없다.

하오는 그런 강철을 신기한 눈으로 바라보았다.

"그거 알아?"

"뭐가?"

"내가 동생을 봐 온 이후로 가장 빛나는 눈을 하고 있거든."

저런 말은 사실인지 확인할 방법도 없다.

"좋아. 어차피 동생이랑 나는 같은 배를 탄 거야. 디퍼 그놈들이 대체 무슨 짓을 꾸미고 있는지, 잠자는 하오를 왜 건드렸는지 확실히 털어 준다, 내가!"

하오는 모를 거다. 본인 말마따나, 그간 봐 온 하오의 얼굴 중에 가장 빛나는 눈을 하고 있다는 사실을 말이다.

⮞

하오와 대화를 마친 강철은 방에 돌아와 접속부터 했다.

아공간에는 아리엘과 하오, 비델부터 스피츠와 레비아탄까지 모두가 강철을 기다리고 있었다.

분위기를 보니 먼저 접속한 하오가 퀘스트 얘길 꺼낸 모양이다.

뭐 대단한 거라고 이렇게 일렬로 서 있기까지 한 건지.

강철의 생각과 달리 아리엘은 걱정 어린 얼굴로 달려왔다.

"바로 하려는 거예요? 더 준비해야 될 거 없어요?"

"퀘스트 하나 깨는 건데, 뭐."

"그래도요."

이런 말에 뭐라고 대꾸해야 하는지 강철은 잘 알지 못했다.

다행인 건 때마침 스피츠가 말을 걸어왔다는 거다.

《마왕, 나는 오랜 시간 이 땅의 변화를 추적해 왔네. 내가

쫓던 그 힘이 오늘, 자네를 선택한 걸세. 쉽지 않은 싸움이 될 텐데, 괜찮겠나?》

"나 마왕이야."

《후후! 그것보다 든든한 답이 없군.》

강철이 사이드를 어깨에 기대며 던진 답이었는데, 스피츠는 만족스러운 미소를 돌려주었다.

스피츠와 나란히 선 레비아탄은 느끼한 눈빛을 쏟아 냈다.

제 나름의 응원 방식인 모양이다만!

'아무리 봐도 내 취향은 아니야.'

하오야 캡슐 밖에서 충분한 대화를 나눴으니 별말 할 게 없었다.

남은 건 비델 한 명이다.

'아!'

강철은 뭔가 떠오른 게 있다는 것처럼 메시지창을 열었.

「개발자님?」

「예, 강철 씨.」

의장실에 있던 송재균은 벌써 자신의 방으로 복귀했나 보다.

「아까 빼먹고 말씀 못 드린 게 있거든요. 지금 비델이 아무 대가 없이 훈련을 도와주고 있는데, 이건 좀 아닌 거 같아서요.」

「죄송합니다. 그런 건 제가 먼저 신경 써 드렸어야 했는데요. 따로 연락을 드려서 합당한 계약을 진행하도록 하겠습니다.」

이 정도면 됐다.

강철은 그 즉시 퀘스트창을 띄웠다.

미리 퀘스트 공유를 해 둔 탓인지, 허공에 떠오른 창을 다 함께 볼 수 있었다.

꿀꺽!

아리엘이 긴장된 얼굴로 마른침을 삼킨 직후였다. 강철은 조금의 망설임도 없이 수락 버튼을 눌렀다.

띠링!

[퀘스트를 수락하셨습니다.]

[이계의 틈으로 진입합니다.]

[모든 메시지가 제한됩니다.]

[모든 스킬을 사용할 수 없습니다.]

[플레이어 사망 시 퀘스트가 종료되며, 재도전이 불가합니다.]

[로그아웃 시, 플레이어 사망과 같은 판정을 받습니다.]

[10, 9, 8…….]

"마왕의 위력을 보여 주고 와요!"

"응원도 아리엘 양답네! 그 정도는 돼야 동생도 힘을 내지!"

아리엘과 하오가 응원을 보내 주었다. 스피츠와 레비아탄, 비델까지 차례대로 눈을 맞춘 뒤였다.

「개발자의 메시지까지 막히는 모양입니다. 더 도움을 드리지 못해 죄송합니다. 힘내십시오, 강철 씨.」

 송재균의 응원까지 있었다.

 [3, 2, 1…….]

 쿵쾅쿵쾅!

 강철은 요동치는 심장을 움켜쥐며 씨익! 미소를 지었다.

 [HP가 '1' 남았습니다.]

 뭐?

 틈에 떨어지자마자 떠오른 메시지였다.

 정말이었다. 상태창에 떠오른 피통은 정말이지 1을 가리키고 있었다.

 황당한 건 눈을 감고 있는 것처럼 모든 곳이 캄캄하다는 거였다.

 스쳐도 죽을 피에다, 하나도 안 보이는 상황까지.

 '최악이구만.'

 강철은 손에 쥔 사이드를 허공에 휘둘러 보았다. 혹시 모를 적이 있는지 대비하기 위해서였다.

 다행히도 손끝으로는 아무런 촉감도 느껴지지 않았다.

 그래서 이제 뭘 하면 되는 건데?

 강철은 사이드 끝에 신경을 집중한 상태에서 지금의 상황을 빠르게 정리해 보았다.

 '지금 필요한 건 HP와 시야다. 죽으라고 만든 퀘스트가

아니라면 포션과 횃불 정도는 마련해 뒀을 거야.'

일단 뭐가 있는 데까지라도 전진을 해야 하는데.

강철이 어둠 속으로 발을 내디디려는 순간이었다.

똑! 똑!

전방에서 알 수 없는 소리가 들렸다.

혹시 모를 공격을 대비해 강철은 사이드를 움켜쥐며 소리에 집중했다.

똑! 똑!

소리는 같은 자리에서 반복적으로 들려왔다.

물방울 소리 같기도 하고?

바로 그때였다.

캬아아아아!

좌측 전방이었다.

쐐애애애애액!

머리보다 손이 먼저 반응했고,

쩌저저저적!

묵직한 손맛과 함께,

꾸에에에엑!

허공에서 이상한 비명 소리가 터져 나왔다.

젠장! 이 모든 게 한 치 앞도 안 보이는 어둠 속에서 벌어진 일이었다.

뭐냐, 이건!

몬스터였다.

다행히도 한 방에 베어 버리긴 했다만, 그건 한 마리여서 그런 거고.

'이런 게 떼로 덤비면 견뎌 낼 수 있을까?'

아무리 게임에 특화된 강철이라도 이렇게 모든 시야를 잃고 플레이하긴 처음이었다.

소리로만 이 모든 걸 파악해야 한다고?

쿵쾅쿵쾅!

끔찍한 상황에 떨어졌다는 확신이 들자 심장이 날뛰기 시작했다.

'뭔가 방법이 있을 거다.'

똑! 똑!

그즈음 대답처럼 물방울 떨어지는 소리가 들렸다.

'그래, 저 소리! 저 근처에서 몬스터가 나온 걸 보면, 저게 포션 역할을 할 확률이 높다.'

그러나 반대로 생각하면 소리에 가까워질수록 몬스터의 출현 확률도 상승한다는 뜻이 된다.

강철은 조심스레 발을 내디며 보았다. 발끝으로 느껴지는 바닥의 촉감은 울퉁불퉁했다.

후우.

강철이 작게 심호흡을 한 직후였다.

캬아아아아!

세 방향이었다. 대비하고 있었는데도 순간적으로 몸이 굳는 느낌이었다.

이대로면 당한다!

타닥!

강철은 일단 뒤로 몸을 날렸다.

어디냐?

쐐애애애액! 꾸에에엑!

강철의 사이드가 허공을 반으로 가르자 찢어질 듯한 비명이 연이어 터져 나왔다.

후두두둑!

빗방울이 떨어질 때 나는 소리도 들렸는데, 아무래도 몬스터의 피가 바닥에 쏟아진 모양이었다.

염병할! 하나도 까다로운데 3마리라니.

여기서 더 나오면 무리라는 생각이 든 건 그 때문이었다.

후우.

강철은 고개를 저었다.

불가능한 퀘스트는 없다. 못 깬다고 징징대기 전에 뭐라도 생각해야 한다.

방법이 있을 거다.

'혹시?'

뭔가가 떠오른 강철은 사이드를 높다랗게 치켜들었다.

해 보자. 해 보면 알 일이다.

쐐애애애액!

강철은 있는 힘껏 바닥에 사이드를 내리찍었다.

깡!

귀청을 때리는 소리와 함께,

번쩍!

손가락만 한 불꽃이 터져 나왔고, 발아래 펼쳐진 모습이 짧게나마 눈에 보였다.

'그래!'

쐐애애애액! 까앙! 번쩍!

연이어 휘두른 사이드엔 제법 커다란 불꽃이 생겨났다.

덕분에 정면을 꽤 똑똑히 보기는 했는데…….

'이런!'

강철의 발아래로 두 동강 난 뱀의 사체가 널브러져 있었다.

자이언트 스네이크!

문제는 놈과 똑같이 생긴 녀석들이 떼를 지어 강철을 향해 나아오고 있다는 사실이었다.

쐐애애애액! 까앙! 번쩍!

폭 5미터쯤 되는 통로가 뒤덮일 만큼 어마어마한 양의 뱀이 바닥을 훑으며 나아오고 있었다.

강철이 접속을 완료한 뒤에 모두가 열의에 차 훈련을 준비하려던 중이었다.

비델도 강철이 짜 준 훈련 스케줄을 소화하기 위해 레비아탄을 향할 때였다.

띠링!

「비델 양, 혹시 대화 가능하십니까?」

느닷없이 메시지가 날아들었다.

지크와 리온이 징징대는 귓말을 가끔 보내고는 했는데, 이번엔 발신자가 달랐다.

누군가 싶어 메시지창을 열어 보니, 발신자에 송재균이란 이름과 관리자란 표시가 떠올라 있었다.

어둠의 나라 유저 중에 송재균을 모르는 사람이 몇이나 되겠나.

「저한테 무슨 일이세요?」

「마왕의 훈련을 돕고 계시지 않습니까? 그래서 따로 연락을 드린 겁니다.」

마왕의 훈련을 돕는다고 개발자가 따로 연락할 일이 뭐가 있지?

비델은 일단 다음 말을 기다려 보았다.

「마왕은 비델 씨가 합당한 대가를 받기 원했습니다. 메시지를 드린 건 그래서입니다.」

「무슨 대가요?」

「이번 프로모션에 한정된 임시 계약을 체결하고, 온당한 금액을 지불받으시는 겁니다.」

「왜요?」

「마왕의 훈련을 도왔으니까요.」

요즘 뉴스만 봐도 마왕 얘기밖에 없는 건 사실이다. 마왕이 돈을 잘 벌 거라는 상상은 누구나 할 수 있다.

하지만 마왕의 훈련 좀 도왔다고, 돈을 받아?

「넥씨 소프트 본사에 방문해 주실 수 있으십니까?」

「아, 그게……. 너무 생각지도 못한 일이라서요.」

「메시지창에 제 개인 번호를 남겨 드리겠습니다. 결심이 서시면 언제든 연락 주십시오.」

「저기요! 죄송한데, 금액은 얼마나 되는 건데요?」

혹시나 싶어서 던진 물음이었는데, 답장은 바로 날아왔다.

「3억입니다. 마왕이 승리 시에 1억의 승리 수당이 추가로 지급될 겁니다.」

「예? 3억이요? 15일을 돕고 3억을 받는다구요?」

「계약은 빠르면 빠를수록 좋습니다.」

메시지는 그렇게 끝났다.

송재균은 분명 마왕 때문에 연락했다고 말했었다.

마왕이 합당한 대가를 원했다고 했던가.

'그러니까, 마왕의 말 한마디에 내가 3억을 받게 된다고?'

비델은 어안이 벙벙한 얼굴로 먼 곳을 바라보았다.

⟶

천장이 낮아서 나는 것도 의미가 없었다.

스와아악! 스와아악!

그 와중에 바닥을 스치는 소리가 귓가에 또렷이 전달됐다.

자이언트 스네이크 떼다.

단 한 방의 피해도 없이 저걸 해결할 수 있을까?

쿵쾅쿵쾅!

절대로 무리다.

그 말은 공략법이 있다는 소리다.

쐐애애애액! 까앙! 번쩍!

강철은 왼쪽 벽면에 사이드를 휘둘렀다.

뭔가 있다! 반드시!

쐐애애애액! 까앙! 번쩍!

오른쪽 벽면까지 사이드를 휘둘렀을 때, 적들은 이미 코앞까지 다가와 있었다.

캬아아아아!

어쩔 수 없다. 놈들을 상대하며 방법을 찾아야 한다.

쐐애애애액!

강철은 소리에 의존하여 사이드를 휘둘렀다.

쩌저저저적!

비늘이 찢기는 소음에 파묻혀, 놈들이 공격해 올 때 내는 특유의 울음소리를 들을 수 없었다.

젠장!

쐐애애애액! 쩌저저저적! 쐐애애애액! 쩌저저저적!

본능에 의지해야 했다.

일단 휘두르고 보는 수밖에 없었다.

쏴아아아악!

적들은 아직도 몰려드는 중인데, 빌어먹을 피통은 1에서 차오를 생각을 하지 않았다.

10초는 버틸 수 있을까?

쐐애애애액! 까앙! 쐐애애애액! 까앙!

강철의 사이드가 자이언트 스네이크를 찢으며 벽면에 가 부딪쳤다.

이렇게 벽에 부딪치면 다음 동작에 제한이 생겨서 더 위험해지는 건 안다! 아는데!

'공략법을 찾지 않고서는 답이 없다고!'

강철은 이 벽 어딘가에 뭔가가 숨겨져 있다고 확신했다.

쐐애애애액! 까앙! 쐐애애애액! 까앙!

증거, 단서?

그런 거 모른다.

지금은 촉에 걸어 보는 수밖에 없었다.

있다! 아니, 있어야 한다! 있어라! 제발!

쐐애애애액! 까앙! 쐐애애애액! 까앙!

강철이 이를 악물며 공격을 쏟아부은 그때였다.

콰과과과광!

사이드가 닿았던 벽면이 뭉그러지더니, 이내 그 틈에서 빛줄기가 쏟아져 나왔다.

찾았다!

그러나 기쁨은 잠깐이었다.

쏟아진 빛이 자이언트 스네이크쯤 태워 죽일 거라 생각했다.

캬아아아아!

그런데 녀석들은 조금의 변화도 없이 강철을 향해 대가리를 들이밀었다.

염병할! 그 고생을 하면서 찾았는데 불 켜지고 끝인 거냐?

쐐애애애액! 쩌저저저적!

인정한다. 이 지랄 맞은 퀘스트, 난이도 지옥급 맞다. 그래, 인정이다.

'근데 나도 보통 인간은 아니거든?'

쐐애애애액! 쩌저저저적!

강철은 조금도 밀리지 않겠다는 각오로 사이드를 휘둘렀다.

하오는 바닥에 털썩 주저앉았다.

도저히 움직일 수 없을 때까지 몰아붙인 뒤에, 1분쯤 쉬기로 한 거였다.

띠링!

그런데 하필 그때 귓말이 날아왔다.

「가로쉬와 디퍼 관련 소식이 들어와서 연락을 드렸습니다. 방해가 되었다면 죄송합니다.」

장린 특유의 극진한 말투였다.

가로쉬와 디퍼라면 모두 강철과 관련된 일이다. 아무리 힘들어도 이런 건 뒤로 미루면 안 된다.

「로그아웃할 테니, 직접 보고해.」

「바로 준비하겠습니다.」

거기까지 얘기한 하오는 메시지창을 닫고는 접속 종료 버튼을 눌렀다.

푸슉!

캡슐 뚜껑이 열리고, 하오가 몸을 일으켰다.

강철과 관련된 디퍼의 모든 정보를 캐 오라고 명령을 내린 참이다.

그런데 얼마 되지도 않아 성과가 있었다고 하니, 기쁜 마음으로 보고를 기다릴 수 있었다.

1분쯤 지났을까.

똑똑똑!

"들어와."

문이 열리고 상기된 얼굴의 장린이 들어섰다.

표정만 놓고 보면 뭔가 대단한 걸 가져오지 않았을까 기대할 법했다.

"말씀하신 것처럼 디퍼에 관한 정보는 캐기가 쉽지 않았습니다. 그러나 디퍼와 가로쉬가 공유하는 부분만큼은 충분히 알아낼 수 있었습니다."

가로쉬엔 이미 알리베이 사람들이 곳곳에 포진되어 있다. 제아무리 디퍼라도 가로쉬와 공유하는 정보까지 숨길 수는 없는 법이니까.

"뭔가 대단한 이야기가 나올 거 같은데?"

하오가 한껏 기대를 드러내는 앞에서도, 장린은 자신 있다는 것처럼 거침없이 보고를 시작했다.

9권에 계속

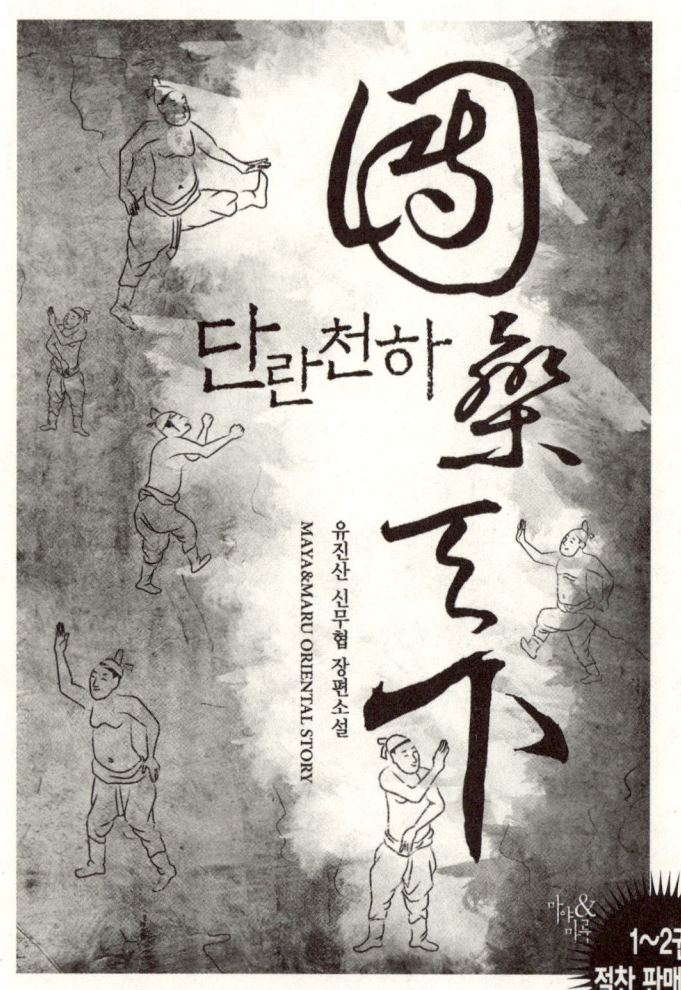

서동진, 그는 하나의 그림을 그림으로써
인생이 완전히 뒤바뀌어 버렸다.
어찌 보면 엄청난 저주를 받은 셈이다.
서동진은 이 망할 저주를 반드시 풀어야 했다.
그것도 세상과 철저하게 차단된 지하 감옥 안에서……

www.mayabook.co.kr